幻影小說家

周桂音 著

獻給#63324

1.

我想寫一本瘋狂憂鬱的小說。

我想讓故事決堤，化作最濃烈最幽黯的漩渦，在你翻開第一頁時，便激盪你的靈魂，將你捲入風暴。我想寫一本書，讓你腦袋轟隆作響，讓你情不自禁，一頁翻過一頁，彷彿深掘內心最不堪、最悲哀的祕密，什麼祕密？那種你從未告訴他人的，瀕臨崩潰的瞬間，差點越界的衝動。是的，衝動——激情、渴望、死欲與生之欲交纏蔓生，在走向毀滅的同時，燃起對生命最熱切的熾烈。那是你從未表露的傾向，而你從未講述，因為那感受如此隱晦、難以捉摸，你找不到適當的言語來描述它。直到翻開書頁，在文字與文字的隙縫之間瞥見自己，你心跳加快、雙手顫抖，你心想：沒錯，就是這樣，這是我從來不敢訴說的什麼。誰都不知道你在人生的某一刻，差點毀滅一切、一走了之。所有你說不出口的心痛與絕望，都透過書中字句抒發出來。此時此刻，你身邊的人們只知你在看書，卻不知你正靜靜瀏覽的書頁，是極度私密的告解儀式，重新劃開你隱匿多年的傷口，放血、清創，在書頁間封緘一道若隱若現的烙痕，埋藏你未能撒下的熱淚。是的，我想寫的，就是這樣的小說。

我想書寫黑夜，讓你的靈魂以它從來不敢嘗試的節奏鼓動、震顫、翻騰，直至躍入深谷。那是你從來不敢直視的深淵、是你內心久藏的裂口，而你甚至不敢承認它的存在。直到翻開書頁，你才敢說：啊，這深淵，我好像在哪看過。你早已忘卻自己內心曾經一閃的異色風景，忘記自己曾經差點脫軌、失去控制。只有小說家這類恆常反骨的偏差人種，才膽敢堆疊字句，砌起無人知曉的祕密之牆，讓你關在裡面悶聲嘶吼、放聲痛哭，將一切一切都毀滅殆盡。灰飛煙滅之後，你若無其事闔上書頁。眼前世界運轉如常，但你已非方才的你。

這是我想寫的小說，而我永遠寫不出來。

我想化身為那種付出一切的作曲家，譜出磅礴激昂的交響樂，驚世駭俗的、超越時代的、一輩子只能到達一次的高度。當那音樂進入你耳中，你此生累積的所有孤寂、怨懟、恨意，都在其中宣洩、爆發、釋放，化作夏日最璀璨的煙火……

我想建構充滿魔力的文字，像那些乍看漫不經心的詩句，只是短短幾個字排列組合，卻能激出魔幻火花，在某個孤寂的夜晚，擊中某個脆弱的靈魂，擊中它，讓它飛揚、墜落，再從深淵底部翻騰直上……換句話說，我想塑造某種流動感，像肆意馳騁的搖滾樂，青春期聽見一次之後，便烙印在靈魂深處，恆久不散。像初次陷入情網的、一生只能邂逅一次的節奏，此後的漫漫人生，無論是在哪個時期、哪個角落，只要再度聽見那首歌，僅需聽聞那前奏，胸口便會悸動、共鳴、滾燙、驚心……

動魄。我想把安蓓的雙眸嵌進小說裡，將她的笑靨融進小說裡，為她述說一個故事，讓她留下一點蹤跡。

但我寫不出來。不夠瘋狂、也不夠憂鬱。如果沒有才華，為什麼還要堅持寫下去？

人為什麼要寫作？

或許因為如此，到了最後，像星野垣這樣的傢伙，就成為我的心魔。夢魘深處，他緩緩現身，輕輕說出那句臺詞，儘管那根本不是他的臺詞。

嘿，再試一次吧。

日日夜夜，我以狂妄的心情打開電腦，將雙手放上鍵盤，幻想自己即將寫出最深刻動人的篇章，記下歲月吟詠的詩歌；但徹夜又徹夜蒼白的螢幕，映射著破曉的晨曙，恍若全世界同時雪崩那樣刺眼的白，終於逼得我閉上雙眼。

我想寫一本瘋狂憂鬱的小說，卻從來沒成功過。不管怎麼嘗試，都沒有編輯願意出版。在網路上發表作品，網友說我寫的只是文青自溺的無病呻吟，散發腐爛酸臭的氣息。

日日，夜夜。寫了又寫，才發現，我從來不懂文學。文學究竟是什麼東西呢？四四方方的尋常文字，幾個湊在一起便有了意義，行行列列鋪陳開來，竟然就有了靈魂，就能流轉宇宙。那，才是文學。

我製造的這些字句，算是文學嗎？

再度打開電腦，嘆了口氣。寫出來，才知道算不算數。

再試一次吧。

◈ ◈ ◈

安蓓死了。

這四個字一寫出來，安蓓就成了過去式。

安蓓死了。毫無道理地死了。不是什麼形而上的、象徵性的、明喻或暗喻的死，是真的死了。我身邊那麼多一天到晚想死的人，譬如薩克，他開口閉口都在談論死亡，來來回回用死亡折磨自己，無時無刻不想著死，一面嚷著想死、一面拼命創作，把死欲當做靈感泉源，簡直是因為想死，所以才能夠精力充沛地繼續活著，把每天當做人生的最後一天，因為想死而活得精神奕奕。

後來，我才發現，薩克口中的死，指的其實不是真正的死，而是某種更喧囂、更熾烈、曖昧而難以言喻的東西。

安蓓死了之後，我才發現，自己從來未曾意識到，「死」究竟是怎麼一回事。無論讀過、觀賞過多少虛構的死亡場景，都只是遙遠風景的幻想。直到真正在意的某個人，變得僵硬、變成物體、化作回憶之後，死才會真正包圍你。

安蓓死了。死得非常廉價，直接登上社會版頭條那種死法。

我也只能重複這句廉價的臺詞，廉價到說出口都覺得羞恥的地步。我明明是小說家，應該選個有創意的講法，而我卻只能一再重複、不停地說：

「不，安蓓不是我殺的。」

你們不相信。你們問我問題。

「你為什麼要殺了安蓓？」

好糟糕的問句，無論是主詞動詞受詞，還是句型、題旨，都毫無新意。

或許，最主要的問題，就是我太想要有新意了，結果，因為怕臺詞太平庸，我什麼都沒敢告訴安蓓。她的凝視，彷彿藏了許多祕密的凝視，她那些似乎欲言又止的小動作，究竟是我的錯視，還是真的意有所指？

安蓓。我甚至不敢問她，我們究竟是什麼關係。

關係不需要定義，安蓓似乎這樣說過——如果她真的說過這句話，那大概也是從星野垣的書中讀到的句子吧。

但星野垣憑什麼定義什麼是平庸、什麼不是平庸呢？他本人就是平庸的最佳代言人，而他隨手寫下的字句，那些為了聳動、為了效果而寫出來的廢話，竟然就成為年度流行語，風靡了普羅眾生。

◈　◈　◈

「你說星野垣代表平庸？」第五個警察這樣問。

「長官，你們不懂，」我說，「像我這種一文不值的寫作者，最討厭遇見那些不懂文學、卻超愛星野垣的人。他們從來不看書，只讀星野垣。不知不覺，我四周全是星野垣的粉絲，這些人隨便發表一點意見，都搞得我頭痛欲裂。」

「但『你』就是星野垣啊。」

「我不是，我真的不是。」

「哼，再來嘛，沒關係，我們有的是時間跟你耗。」第六個警察邊說邊記錄，「你說你跟安蓓認識，是透過她的經紀人？」

「沒錯，」這些話我已經重複好幾遍了，「大概一個月前，安蓓的經紀人麥可跟我聯絡，要我當代筆寫手，幫安蓓寫自傳。」

「星野垣，你太讓我們失望了。你這麼有名的大作家，寫這個兇殺案的劇本，居然寫得破綻百出。」

「我真的不是星野垣。拜託，長官，你們怎麼可能聽不懂，我不是星野垣，我才不會取那種奇怪的日本筆名，我只用本名寫作。我是杜清鋒，我只是個默默無名的文字工作者。我從來沒有紅過。我所有朋友都跟我一樣，有一餐沒一餐地過生活……你們可以去問問他們，他們都知道我不是星野垣……」

「你是說放浪咖啡館那幫人？」

「是的。」

「放浪咖啡館是你燒掉的？」

「不是我，是星野垣。」

「哼。」他撇動嘴角，冷笑。冰涼的寒意，凍結整個空間。他再度開口，又是那個問句：

「你為什麼殺害安蓓？」

而今，你們全圍繞在我身邊，問我問題。

但你們為什麼不問些像樣一點的問題呢？譬如：為什麼「我」會變成星野垣？

不對。問題該是，我想不想成為星野垣。

誰不想成為星野垣？

不，這些都不是真正的問題。真正的問題不該如此淺薄，而是應該像萬物起源的祕密一樣深入地心，攸關生命本質。譬如：安蓓為什麼會死？

人為什麼要死？

安蓓。若能再見她一面，我有好多問題要問她。但我最後一定只能沉默，像平常一樣沉默，深知任何問題都能輕易將她壓得粉碎。她的脆弱就是她的美，我也是因那脆弱如冰晶的纖細而愛上她。

但她又非常執拗，當她眼底閃現某種無法動搖的意志時，我總陷入絕望，彷彿面對冰洋。

注視冰寒，為之震攝，而她眼中的光，是滋養我靈魂的養分。

安蓓……

「你為什麼殺害安蓓？」

我捂起耳朵，那問句卻依舊糾纏著我。我想著自己浪費掉的寶貴人生。二十九年來，我犯下無數的錯。一事無成，只留下無盡悔恨。所有我曾經犯下的罪愆，因一時愚蠢而傷害的人，因一時說錯話而造成不可彌補的誤解，一切一切都無法挽回，而那全是我的錯。

如果可以重新來過，我想……

2.

「我想寫一本瘋狂憂鬱的小說。」

當我用非常認真的口吻說出這句話時，放浪咖啡館所有人都笑了。

直到現在，我還記得，薩克是用怎樣的表情回答我這句話。他從未刻意表現，但我總覺得，他打從心底瞧不起我。

「如果瘋狂憂鬱還得事先設定，就代表你根本沒有那個底子。」薩克這樣說。

我無法反駁薩克。瘋狂是他的行動綱領，為了創作，他已經公然自殘好幾次。別人自殘是因為痛苦，他自殘是為了成名，過程全部用最高畫素的影像錄影留存。如果有藝廊老闆願意展出他的作品，叫他全身捆起來丟進淡水河，漂流自拍三天三夜，他也願意。可惜自殘不再驚世駭俗，譬如瑪麗娜坐在紐約美術館被凝視之前，已經切指割腹、缺氧窒息、任人宰割，鮮血汩汩流，直到觀眾別過頭去，而那已是七〇年代的事了。就算想要求新，也比不上俄國那個自割耳朵、釘住睪丸、用針線把嘴巴縫起來的帕弗倫斯基。我不知道自殘和瘋狂能不能劃上等號，但薩克想用這招來打響自己的名氣，恐怕是沒望了。

下次一定會成功，他這樣說。下一件作品，一定是經典。

沒人知道他正在剪接的下一件作品是什麼內容，他總坐在店內深處夾層上方，居高臨下，沒人能看見他的螢幕。

下次，一定能成為經典——鎮日在放浪咖啡館廝混的我們，都這樣冀望著。一面忙著修整手上這件搞砸了的作品，試圖收拾殘局，一面將所有希望寄託在下一個計畫上。未成形的作品，散發朦朧的微光，是隧道盡頭的幻象，隱隱照亮幽黯的現實。唯有正在醞釀中的計畫，才是完美的計畫。或許，在我試圖動手將想像轉化為現實的那一刻，就注定搞砸了。

完美，什麼是完美？若完美指的是筆直的線、極致的圓，那我們這群人當中，便屬曼曼最接近完美。看看她的筆電螢幕：粉紅色半透明的泡泡、比例適中的對話框、深淺有致的數位網點，完成度百分百的專業作品，但她製造這些畫面時，總一臉無趣。若她的雙眼閃現光芒，螢幕上必定是粗糙手工質感的黑色墨漬。狂放的暴烈、不羈的野性，那才是她真正在乎的個人創作。

薩克每天都嚷著想死，死是他的創作主題。相較之下，曼曼很少公然談論死亡。她總是一副凡事雲淡風輕的樣子，卻總有辦法讓自己痛，好像這樣才能若無其事說不痛。就像她的創作。她的私人筆記本全是血腥塗鴉，她賴以為生的卻是少女漫畫。偏偏她最瞧不起少女漫畫，花瓣到處灑、王子和惡魔都愛上女主角的那種，少女心大量噴發的粉色漫畫。曼曼痛恨這些。她每次談論自己的商業作品，都像一種自我凌遲。或許她每畫一篇，就像看著自己的創作魂又死過一次，這麼說來，她和薩克真是天生一對。但他們不是一對。

放浪咖啡館這幾位藝術家似乎總有辦法找到方法虐待自己，好像如果不夠痛苦，就不配稱為藝術家。艾莎例外。此刻，艾莎依舊戴著她的耳機，沉浸在我們聽不見的音場裡。她的耳機，別緻得像是紙雕做出來的藝術品。那是誠品會賣的頂級品，燦爛的鮮紫色，每次閃耀都透露艾莎和我們之間，某種根本上的差異。

艾莎最近難得過來，她的工作室才剛裝修完畢。偶爾咖啡館客人較多的時候，我們幾個會一起窩在夾層，但像今天這樣來客冷清的週間午後，我們總賴在自己的「老位置」上。偶爾，我環顧四周，驚覺自己竟然也在不知不覺之間，擁有了能夠稱為「朋友」的對象。

我一向不愛交際，只喜歡自己一個人默默看書。人際關係或是社交，是一種需要非常用力的活動，總得擺出某種腔調、姿態、框架，將自己放在距離靈魂很遠的地方，才能符合眾人的期望。靈魂是無人知曉的祕密，藏在很深的地方，只有真正深刻的體驗，才能讓它探出頭來。真正的我，最本質的「我」，若曾顯現一點痕跡，那必定只在文字之中，只在深夜靜思的瞬間一閃之中。

從小，我就相信，唯有閱讀，才是一枚又一枚無限孤寂的靈魂之間，真正私密的深切交流。早在數十年甚至一兩百年前寫下的文字，作者的心靈如同深夜抬頭仰望的星光，儘管是來自千萬光年之外的殘影，儘管如今早已逝去，那依舊能夠照亮我在人生路上徬徨無依的闇夜。

「清鋒，你是不是半小時沒打一個字了？」

艾莎從窗邊另一個夾層探頭問，突如其來，害我不知所措。哪有人直接這樣問問題的？但艾莎的雙眼閃閃發光。她雖然和我們一樣年近三十，笑起來卻還是像個孩子：「我就知道，誰叫你不喝咖啡！創作就是要喝咖啡啊！喝茶哪會有靈感？」

「茶比咖啡便宜二十塊。」曼曼說。

「拜託，他連菸都不抽，這樣算什麼頹廢作家？來，我們乾杯！」薩克說完，還真的舉起咖啡杯，和大家遙相乾杯。

「好啦，你們最頹廢，你們好棒棒，」我將手擱回鍵盤上，想作勢打幾個字，卻不知道該寫什麼，結果忍不住酸了一句：「我又不像某人，可以讓國家納稅人出錢養我。」

「你說我的補助？根本還沒入帳。」薩克說，「等艾莎賺錢來贊助我們還比較快。妳跟唱片公司談得如何？」

「我和唱片公司？」艾莎睜大眼睛，「吹了啦！」

「為什麼？他們不買妳的歌了？」

「他們要買啊，但是詞曲作者要掛別人的名字。怎麼可以！」

「但是妳寫的歌會變成明星專輯主打歌。」

「那又怎樣，我可是藝術家欸！就算餓死，也不會出賣人格！」

「等妳真的快餓死時再說這句話吧。」薩克的語氣聽不出情緒：「我下個月的房租到現在還沒著落。」

我默默舉手，追加一票。

我們說的並非玩笑話，但艾莎似乎並未察覺。她只是輕輕一笑，戴上耳機，繼續寫她的歌。

沒人繼續談論這個話題。

阿國為庭園裡的松樹澆完水，回到店內擦拭吧檯：「清鋒，星期五下午店內包場，缺一名服務生，你要不要過來幫忙？」

我不禁苦笑，阿國很清楚我的帳戶餘額。

「我不行，我有工作。」我說。

「『你』有工作？你會有什麼工作？」

「就……代筆，當寫手，幫藝人寫自傳。」

「哪個藝人？」

「名叫安蓓。」我說。

「誰？」薩克問。

「不紅的藝人，簡稱小模。」曼曼邊說邊揮動觸控筆，在主角身邊加上霧氣般的朦朧泡沫。

「不是應該先走紅，然後再寫自傳嗎？」薩克說，「我跟你們說，現代人的邏輯驗證真的有問題——」

「欸，清鋒，」阿國沒理睬薩克，「你來店裡幫忙的話，一小時可以賺一百八，當寫手有什麼賺頭？」

「很賺啊，一個字一塊錢。」

「所以你每小時都能寫超過一百八十個字？」

「一千字也可以，但這種速度寫出來的都是垃圾。」這句話剛出口，我就驚覺自己說錯話了。上個月，薩克為了趕某個徵件的截止期限，只花兩天就剪完一部長達三小時的作品，當時他萬分得意，一直說自己功力升級了。結果評審評語出爐，薩克的作品被批評是粗製濫造的垃圾。

該死，哪壺不開提哪壺。我真的不是故意的，但是想要澄清時，已經太遲了。我總是不會把握說話時機，無法及時吐出正確的象牙。

算了，不解釋也好，反正薩克是絕對不會因此受傷的，而且，如果我多嘴解釋，會不會反而變成好像是我太多心、把他想成是個小心眼的人？可是，如果我不解釋，他以後會不會記仇？問題是，如果我真的開口解釋，薩克會不會說我的潛意識就是這樣想的？他會不會說，我因為自己創作不出個屁，就嫉妒別人有生產力、有能量、有效率？

艾莎再度探頭，猛然摘下耳機，動作簡直像驚醒的松鼠：「可是代筆，不就是作品要掛別人名字嗎？我無法忍受！」

「反正是杜清鋒在忍受。」薩克說，「你乾脆幫小模寫七本《追憶似水年華》，從下午茶開始寫。」

薩克此言讓艾莎噗哧一笑。她戴回耳機，繼續譜曲。從她哼歌律動的方式看得出來，她很滿意這次的新作。薩克也低頭繼續剪接。薩克對艾莎的溫柔，艾莎從未注意，但大家都看在眼裡。

放浪咖啡館店面很小，雖然前後各自隔了上下夾層，但我們彼此都能窺見對方舉動。

我將手擱回鍵盤上，看阿國在面前瞎忙。我們是大學同學，他整整四年都仰賴我罩他功課，後來一起讀研究所，他的論文文獻都是我幫忙摘要整理。畢業之後不久，他爸恰好收回一間收租的店面，便交給兒子開咖啡店。阿國近年恰好迷上風靡國外的「微屋運動」，幾乎看遍網上能找到的所有案例：Tiny House，六坪、八坪的迷你小屋，屋主可以拖著自己的家四處旅行，小小的屋內，客廳廚房臥室浴室一應俱全。於是這狹小的店面便激發他的絕妙創意，將這裡打造為乍聽之下噱頭十足的「臺灣第一間微屋咖啡」。

阿國秉持「微屋運動」理念，精心計算每一公分的空間，將收納效能發揮到最大，同時又保有空間的開放感：六坪的深窄店面只有單面採光，但面對庭園的整片門牆都是透明玻璃，讓自然光傾瀉進來；靠窗的兩坪空間隔成上下夾層，雖然空間低矮，但窗外便是庭園造景，視覺得以延伸至窗外，紓解壓迫感；店內角落的吧檯與廁所上方，為了不浪費空間，又設了另一個一坪多的夾層；用以爬上夾層的樓梯是 Tiny House 必備的置物櫃階梯，收納功能完善。

阿國的絕妙點子，是將四十個座位「完美收納」在六坪的小店面內，但開店至今，客人並未表現出「被收納」的意願。店內最受青睞的座位，是門口的網美專用座位區。倚靠大片落地窗的L型長沙發，背後是日式庭園，一棵姿態婀娜的松樹，是網美搔首弄姿的最佳背景。事實證明，放浪咖啡館的主要收入幾乎都來自這張網美沙發，因為其他座位實在太擠，而且兩個夾層上方的天花板高度都只有一公尺，大人爬上去之後只能跪著挪動身子。阿國原本以為這兩個角落可以成為小孩子玩耍的祕密基地，但家長都嫌樓梯太陡，不放心讓孩子爬上去，有些媽媽甚至要求阿國在梯口架個柵欄。

Ｌ型長沙發上方的夾層，經常只有艾莎一人，她總像貓一樣窩在宛如雙人膠囊旅館上鋪的窗邊，偶爾探頭看看下方的我們；吧檯與廁所上方的夾層永遠被薩克獨占，不只因為光線陰暗、空間狹窄、階梯陡峭，或許根本原因，還是因為沒人敢爬上去和一臉凶神惡煞的薩克擠在一起。我和曼曼經常窩在吧檯，曼曼總不時放下她的觸控筆，對著占據半面牆的鏡子擺動作、做鬼臉，揣摩角色的表情姿態、手勢動作。在吧檯畫漫畫，似乎有點綁手綁腳，但她寧願來這裡冒著觸控繪圖板會被咖啡濺溼的風險，也不想待在家裡被爸媽逼婚。

不管從哪個角度看，放浪都是一間令人擔心的咖啡館，它能存活多久呢？但阿國信心滿滿。他相信「微屋運動」遲早會吹進臺灣，而礙於建築法規無法圓夢的人們便會蜂擁前來此地，一償他所謂的「微屋之夢」。阿國總相信，他的夢，就是大家的夢。

所以他是少數相信我作家夢的人，他相信文學會在不久後的未來展開逆襲，因為文字是用最少量的訊息，來進行最寬廣的想像、最深度的思考。阿國曾說，在「斷捨離」風潮影響之下，文學一定會是最後贏家，因為現代人被過量的影音資訊壓得喘不過氣，等他們受不了之後，便只有雜訊最少的媒介能夠救贖他們、帶來心靈的寧靜。他說現代人的大腦充斥太多影像，再過不久，這些畫素過高的影像就會資訊超載，超載之後便會爆炸，而後便將回歸極簡，回到只有最低限度編碼的傳播模式。

我常常覺得，相較於我們這幾個藝術家，阿國才是最瘋的。

像人生中許多理所當然的風景，直到再也不能回頭、直到變成記憶之後，我才發現那風景對我有多重要。最後，那終究變成無可挽回的後悔。直到最後，我都沒有告訴阿國，放浪咖啡館在我的人生當中，占了多麼重要的位置。

◈　◈　◈

踏出放浪咖啡館，巷子裡是一間又一間異國風情的漂亮小店，裝飾得繽紛璀璨。這些大大小小的精緻店面，經常出現在各式各樣的美食生活部落格，此坊開幕、彼端頂讓，少數久駐成為經典，大半只是曇花一現、虛幻的夢，如果遇上我老家那種親戚，就淪為閒人碎嘴的談資。

走到自來水園區附近時，我才發現，剛才拿給阿國結帳的兩百塊新臺幣，又被偷偷塞回我口袋。

堅持也沒用，我懂阿國的牛脾氣。放浪咖啡館並非人氣鼎盛的店家，在琳琅滿目的小巷裡吸引不到什麼人潮，但阿國從未氣餒，因為他相信微屋。

沿思源街走向河堤，踩著階梯爬上永福橋。

一踏上橋面，眼前頓時海闊天空。此時下班車潮尚未湧現，整座橋空蕩蕩的，新店溪在腳下拍打暗灰色的浪。

公館到永和，用走的其實很近。從放浪走回我家，只需半小時。真的開始這樣走之後，我才發現，這座總是顯得巨大、彷彿每個角落都很遙遠的城市，突然變成我可以掌握的尺寸，一切一切，都有了可以用身體丈量的指標。

走路，是用身體馴服城市的過程。走路，是用雙腳來架構思緒。左腳右腳建立了一定的節奏之後，大腦便以新鮮的方式運轉起來，於是臺北，就變成了我腦中思緒的伴奏。

走路，真的很適合寫作的人。我早該這樣做了。

◈　◈　◈

「你的摩托車呢？」小沛坐在騎樓並排停放的機車上，嚼著口香糖問。

我埋頭在背包裡找鑰匙：「賣掉了。」

「為什麼要賣掉？你真的沒錢了？」

「走路很好啊。妳又蹺課了？」

小沛百無聊賴地甩著雙腿，看來不打算回答。等我掏出鑰匙，她便拎起書包跳下機車，似乎要跟我一起進門。

「妳忘了帶鑰匙？」

「我又不是你。幹嘛這麼冷淡，今天不歡迎我？」

「下次吧，我待會要工作。」

小沛翻翻白眼，又坐回機車上。待會安蓓來我家時，看到門口坐個穿國中制服的不良少女，不知會怎麼想？

◈　◈　◈

誰是作家，誰有權自稱作家？

有人說，作家指的是可以靠寫作為生的人。以這定義來看，我最喜歡的作家，恐怕都不能算是所謂的作家。

另一種說法是，只要能夠出書，就是作家了。

我真的出過一本書，書名是《山與海的回憶錄：我的成功要訣》。這本書雖然是我寫的，但檯面上的掛名作者是黃董事長，也就是阿國的爸爸。我從阿國曾祖父墾荒開始寫，一路寫到阿國父母如何拼事業、如何和員工共患難。董事長非常滿意我這名寫手，阿國也不斷稱讚我寫得好。這本書是誰出版的呢？當然是黃董事長自費出版。

我從沒想過自己還能繼續當寫手，但下一個案子竟然自行找上門了。安蓓的經紀人麥可寫信給我，說他讀了《山與海的回憶錄：我的成功要訣》，覺得我很適合寫安蓓的書。麥可有朋友在黃董事長的公司工作，因此輾轉聽聞作者是我。雖然無法理解演藝圈的人怎麼會找《山與海的回憶錄：我的成功要訣》的作者為藝人寫書，但我還是接了這個案子，因為人說第一次靠運氣，第二次靠實力，如果能藉由當寫手來賺取收入，似乎就成了專業人士——我寫作明明不是為了錢，但到了最後，好像只有金錢酬勞，才能定義我的身分。

然而，再怎麼說服自己是專業寫手，我都無法創造奇蹟。第一次看見安蓓時，我就知道，她是另一個世界的人。她眨著長度超過一公分的假睫毛，化著和街上所有女生一模一樣的、粉嫩嫩的大濃妝。第一次見面，當我看見她姍姍走來，用時下流行的扭曲姿勢拎著提包，高跟鞋踩著標準節奏的小碎步時，我只想逃走。話雖如此，約已經簽了，書還是得寫。

她給我錢，我給她一縷虛構的靈魂。

此刻，她坐在我家客廳。頂樓加蓋鐵皮屋熱氣逼人，但她的笑容完美，像一尊永遠不會過期的假娃娃。她窩在沙發上，嬌滴滴地交叉雙腳，用嗲音開口：「嗯，你好像聽不懂？」

我確實不懂。雖說每個人都擁有獨一無二的故事、每個人的人生都可以寫一本長篇小說，但她對我述說的，真的都是一些無聊至極的生活瑣事，害我不斷分心。難纏的卡路里；缺貨的遮瑕膏；新款防水眼線液可以輕易卸妝毫不殘留，是今年最夢幻的逸品。

盯著電腦螢幕，眼前一片空白。螢幕後方是對街鄰居的鐵皮屋，背著新書包、穿著嶄新制服的小一新生剛回到家，未來彷彿充滿希望，父母還沒看見他無可救藥的成績單。

我試圖振作。

「這已經是我們第三次見面了，但我還是不知道妳想出怎樣的書，」我說，「這樣吧，妳能不能用簡單的一句話，只要一句話就好，告訴我這本書要講什麼？」

「星野垣說過，如果一本書要傳達的訊息，用一、兩句話就可以講完，那為什麼還要寫一整本書呢？」

「星野垣……妳確定那傢伙適合創作嗎？」

「怎麼不適合，他每一本書都是銷售排行榜第一名欸！星野垣還說，寫書這種事情，是所有服務業裡面，最自以為是的一種。」

「……妳很崇拜星野垣？」

「超愛。」

我揉揉太陽穴。

又是那種從來不看書，只讀星野垣的人。

「妳覺得星野垣說那些話是認真的嗎？只會躲在媒體後面講一些聳動的話，連出來面對大眾都不敢。」

「因為他很低調啊，他是史上最強的覆面系作家，連狗仔都拍不到他的長相欸。」

「說不定他很醜。」我說。

此言一出，她臉上露出「我知道你只是嫉妒」的揶揄。辯解也沒有意義，我只能嘆口氣，將身子靠在椅背上。

電扇嗡嗡作響，雖然已是初秋，還是熱得難熬。

藝人安蓓想出的書，就像遲遲無法決定要賣什麼的商店，直到開店那天，都還說不出風格走向，商品種類模糊不清，連店名都還沒定案。

不知是因為對話陷入膠著，還是沒有冷氣的鐵皮屋讓她熱得發慌，她站起身來，在我家四處張望。

「這張海報是什麼？」

「《鬼店》。」

「看起來好恐怖，為什麼要貼在廚房？」

好問題。為什麼要貼在廚房？應該貼在門口避邪，讓所有鄰居都離我家遠遠的，最好讓小沛的媽媽就此不上頂樓。這張海報是阿國送的生日禮物，當時我為了趕投一個文學獎，沒日沒夜窩在家裡寫作，他就在我家貼了這玩意兒，還引用片中名句「只工作不玩樂讓傑克變成笨男孩」。他覺得很好笑，我一點都笑不出來。

安蓓繼續漫走，停在熱水瓶前。我總把茶包排列成機器人的陣勢，要命，我家的擺設不管怎麼看都很宅。

「你的茶包真有個性。」她瞇著眼睛，假睫毛顫動兩下，「簡直就是《星際大戰》嘛。」

我不知如何回答，她用逗小孩的聲調說：「你小時候都自己一個人玩嗎？」

「才、才沒有……」

她湊過來，看進我的雙眼。

然後她深深一笑，我靈魂深處的某個角落，便悄悄抽痛了一下。

◈ ◈ ◈

放浪咖啡館巷口，人來人往的大街旁，一幅偌大的廣告已經貼了好幾週。幽暗的森林，慘白的竄逃者，標準的驚悚片。我一直以為是即將上映的電影廣告，直到今天，我才發現廣告文字是這樣寫的：

鬼才作家星野垣
最新暢銷力作《瘋子的懺悔書》
人氣 No.1，有口皆碑

粗製濫造的影像，推銷粗製濫造的小說，似曾相識的畫面複製再複製，永無止境往地獄延伸，複製品的複製品，鏡中之鏡。

為什麼這樣就能暢銷？一踏進放浪咖啡館，我就忍不住問夥伴：「你們有看到街上的廣告嗎？《瘋子的懺悔書》？這什麼爛書名。」

「哈，星野垣確實是每況愈下。」曼曼這樣回答。

薩克從電腦前抬起頭來：「他早期作品還滿有意思的，成名後就不怎麼樣了。」

「我就知道你讀過星野垣，」曼曼說，「你之前有部片的主角，是參考他的出道作對不對？」

「什麼主角，我拍的是實驗電影，哪有什麼主角！」

「你少來……」

薩克和曼曼大概不是真的想要討論星野垣，他們只是藉由拌嘴互相挑釁，在對話中讓氛圍流動。因為曼曼和薩克維持著成人的肉體關係。大家都知道，但大家都假裝不知道。

沒想到，連薩克也讀星野垣。

◈　◈　◈

「薩克也讀星野垣，所以呢？那和你有什麼關係？」小沛說。

「噓。」我把耳朵貼在門上，直到聽見樓下的關門聲響，「好了，妳媽出門了。」

「呼。」

「小過一支是怎麼回事？妳怎麼敢毆打同學？」

「那才不是毆打，只是用網球拍敲那個白痴腦袋一下而已。」小沛說，「真要毆打的話，我就拿棒球棍了。以那傢伙的腦容量，根本沒什麼好損失的。」

「難怪妳沒朋友。」

「我不需要。」

所以她才一天到晚窩在我家。三年前我搬進這棟公寓時，她才國小六年級，那時候的她就已經沒有朋友了。小沛眼中總閃著某種銳利的光，那鋒芒隨時都會刺傷他人。她總是突然從我家客廳窗口探頭觀望，擺出一副頤指氣使的樣子，要我開門，然後窩在我頂樓加蓋的家。鐵皮屋冬寒夏熱，她從不介意。

她和我一樣沒有同伴，但「我們同樣沒有同伴」這項事實，並不能使我們成為同伴。我們並非物以類聚，她只是暫時棲身在我這堆滿書籍的頂樓，等待展翅高飛的時機。

世間險惡，沒朋友的人生會更加艱難——這種老套，我實在說不出口。小沛才十四歲，所謂的痛苦如果沒有親身經歷，她是不會相信的。她這年紀的孩子，非得等到真的受傷才會學乖。有時候，我覺得自己似乎能夠體會她同學的感受，她雖然沒有惡意，但那雙眼睛直視著我，清澈得讓人自慚形穢，讓我體認自己終將庸庸碌碌、渺小而荒謬地度過一生。她的眼神讓我絕望，絕望到了幾乎憤怒的地步，所以我知道那些對她不善的同學們，只是在她眼中看見自己無可救藥的平庸，而後惱羞成怒。而今，隨著年歲增長，我已明白如何處理這無謂的怒意，但她的同學還沒長大到能夠駕馭內心的情緒怪獸。

小沛。

我無法救她。在這蒼白乏味的世間，她是少數膽敢鼓勵我繼續寫作的夢行者。當她聽聞我的小說已經被退稿第二十八次，也只是聳聳肩，輕描淡寫地說，再投下一間就好了。我也輕描淡寫地笑。沒有下一間了，能投的出版社我幾乎全都投了。

那份退稿還躺在地上，小沛彎腰撿起，從厚厚的牛皮信封中，拿出三百頁的《無涉》列印稿。

「為什麼投稿要用列印的？」小沛問，「你不覺得這樣很浪費地球資源嗎？你對得起那些被砍的樹嗎？」

「妳不懂，紙本有它特殊的質感和溫度。」

「二十一世紀都已經正式啟動十幾年了！你的腦袋需要系統更新。」

「妳好兇。」

「嘟什麼嘴啊？都快三十歲了，裝什麼可愛？」

「我哪有！」我扳起臉孔，「反正，等到第三十次退稿，我就放棄寫作。」

「你太認真了。換個書名啦，《無涉》……」

「《無涉》怎樣？」

「太認真了。星野垣說，這本來就是個愚蠢又沒品的社會，所以不用太認真。」

「妳也看星野垣？」

「大家都在看啊。」

「妳不是最討厭做『大家都在做』的事嗎？」

「星野垣例外。」小沛邊說邊拿出手機拍照。

我跟著轉頭，端詳客廳牆上流動的光影。霧狀的迷濛光點，在恍若變形蟲的條紋之中閃爍。小沛眼中的世界，真的很美。

「妳以後要當攝影師嗎？」

小沛面露一抹「這是什麼蠢問題」的鄙夷，我只好站起身來，去廚房拿醬油。

「你也應該看一下星野垣，才會知道現在的讀者想要什麼。」小沛說，「像你這樣，每天吃白飯配醬油，連我都看得胃痛。」

「關妳什麼事？」我才剛拿起包在塑膠袋裡的白飯，一怒之下又丟回桌上。

「我下次帶高麗菜和蛋過來？好久沒吃你炒的泡麵了。你還想加什麼料？海鮮、火腿、杏鮑菇？」

我已經淪落到要讓國中生提供食材才能開伙？但不只食材昂貴，我連瓦斯費都付不起。

「妳該回去了，我待會要工作。」

「小氣，我又不會打擾你們！我爬到水塔上面，那個藝人就看不到了。」

「妳爬到水塔上面，還是在我家外面啊！回去啦，妳媽又不在家。」

「頂樓是所有住戶的公共空間，誰都可以上來，你管不了我。」

「朱沛宜，妳整天窩在我家，偶爾也放我自由吧！」

「自由？哈哈，『你以為的自由，只是困在透明的牢籠裡。只要別把手伸太遠，誰都可以保證你很自由。』這是星野垣說的。」

「胡言亂語，這根本不是文學。」

「那你在《無涉》裡罵你阿姨，就是文學嗎？」

「我哪有？」

小沛翻開《無涉》書稿，找了找章節，用右手拇指和食指夾起中間部分的十幾頁：「這一整章，幾乎都在講你阿姨的壞話。」

「那才不是壞話。我寫的是一種社會縮影的觀察。」

「怎麼看都只是家庭瑣事而已。你阿姨人老珠黃時，終於找到再婚對象，結果婚宴當天席開百桌，新郎卻跑了，整個家族都覺得丟臉，吧啦吧啦，這種事為什麼可以寫一整章？」

「妳沒有讀懂，這一章探討的是『人言可畏』這件事，是要讓讀者思考傳統社會的迂腐本質，而且我寫的其實不是我阿姨，小說是轉化過的現實，是虛構的。」

小沛翻了個白眼：「傳統社會很迂腐，這種事誰不知道？星野垣說，現在大家都在社群空間不斷寫自己的故事，一堆人的哀居、臉書都寫得比小說精采，所以如果真的要做，就要做出神作。」

「什麼作？」

「你不知道什麼是神作？」小沛拿手機寫給我看，「神、作。你真的不懂現代人的語言欸。」

「我、我當然知道。」我一定臉紅了，「他寫的那些東西，算是『神作』嗎？」

「算喔。」

◈ ◈ ◈

寫作是我的癮，是我的病。逢魔時刻，我振筆疾書，想描述某種沒人看過的風景，像感染熱病一樣，祕密地發燒、譫妄、囈語。寫作是一種反社會的行為，讓人深陷自己的意識深層，你從此不想社交、不想逛街、不想對經濟產業有所貢獻，只想用短短的生命來挖掘人生於世最熾烈最玄妙的祕密，但往往徒勞無功。從旁人眼光看來，這是一種偏執狂，是一種極度危險的傾向。我從不想治療它，但社會說，寫作不該是病，而應該是一種療癒。

「寫作是世上最私密的服務業，讀者要的是直擊心坎的療癒體驗。」這句話好像是星野垣說的。

是嗎？我再也分不清了。

我腦中這些句子，究竟哪些出自我內心、哪些又是星野垣說過的話？

寫作，是什麼？

深夜，像無法痊癒的熱病，我寫作。

那不是什麼了不起的作品，也不是什麼非發表不可的東西，如果我寫的東西始終未能出版，也不會有人覺得可惜。我只是想寫，只是像敲打琴鍵一樣，流暢地傾訴某種情懷、熱切地敘述一點什麼。

靜謐的夜，唯有敲打鍵盤的聲音，像某種對話，流動在我和屋內某個巨大黑影之間。那巨大的黑影，唯有寫作的儀式能勾勒它的輪廓。然而，寫了這麼久，我還是看不清那黑影的樣子。我只知道，唯有用文字編織某種動向不明的對話，那黑影的存在感，才會鈍重地浮現出來。

每次寫作，都是一場降靈會。

我暫停打字，看著房間另一端，沉重得近乎憂鬱的影子。那究竟是作品的魂，還是另一個我自己？我不知道。我只知道，只要繼續寫下去，即使全世界的人們都轉身離去，那黑影亦將陪伴寫作的人，直至世界末日。既不溫暖，也不冷漠，只是中立而客觀地存在於那裡。

或許正因為如此，所以創作的人不怕孤獨吧。

只要能繼續這樣寫下去，就沒什麼好奢求了吧。一開始，我的初衷不過如此。我並不是什麼貪心的人，也不追求功名富貴這類的東西。我甚至不在意所謂社會的眼光。我只想當個作家，那種少數文藝青年口耳相傳的冷門作家，這樣就可以了。我的願望，其實不過如此。

什麼時候改變的呢？是終於付不出房租的那天嗎？

還是因為遇見安蓓？

像敲打琴鍵一樣，流暢地敘述些什麼，然而，誰會傾聽這些言語呢？後來，我甚至開始夢見星野垣。夢中，星野垣說，你想太多了，在這不求甚解的世界，只要寫就好了。老套也好媚俗也好，唯有媚俗才能存活。午夜驚醒，被無力感包圍。看著靜靜落下的細雨，卻發現這一切都是假的。

我從未懂過文學。

再度醒來，依稀記得半夢半醒之間寫了什麼，卻找不到那些字句的蹤跡。是在夢境消失前記下的潛意識片段？或是某篇小說的絕佳點子？說不定，只要找回那則靈感，我就能寫出經典傳世的作品。四下搜尋，怎麼都找不到方才的紙條，或許終究是夢，或許我一個字也沒寫，抑或我已在夢遊期間寫出一本空前絕後的精采小說，然後將它遺忘在生命最幽微的角落，甚至簽上了別人的名字。

◈　◈　◈

不管從哪個角度思考，安蓓都是另一個世界的人，看她臉上的妝，簡直就是流行雜誌封面直接印下來的輸出品，一點個性都沒有。她只是一介庸俗女子，像百貨公司到處都看得到的假人。

我是不可能喜歡她的。

但是上次，她看進我的雙眼，那瞬間，我突然有種錯覺，覺得她的眼眸看透了我，撼動了我。

然後她深深一笑，眸光竟如此深邃，攫住我的靈魂。

所謂的情感，包含多少錯覺？

結果，我只能避開她的雙眼。

「欸，你想好了沒？書的主題。」她問。

我對著空白的電腦螢幕嘆口氣。

「妳為什麼想要出書？妳想當什麼敗犬天后、時尚教主，還是追求夢想永不放棄的勵志人生故事？」

她沒回答，卻將身子湊了過來。她低頭看我的電腦螢幕，手臂不經意貼上我的手臂。她的肌膚，貼著我的肌膚。

一陣顫慄。

我無法動彈，只能用力瞪著螢幕。安蓓。溫暖柔軟，那觸感沿著我手臂外側的毛細孔蔓延開來，讓我胸口一緊，湧起一陣甜美微痛的錯覺。

這樣算是肌膚之親嗎？

她有意識到嗎？

思緒還沒落地，樓下突然傳來小沛母親吼叫的聲音。

「朱沛宜，妳這是什麼態度！書不好好唸，一天到晚去樓上那個宅男家，妳以後想跟他一樣沒出息嗎？他就是個打、零、工、的、廢、渣！妳想和他一樣嗎？」

要命。我從來沒正面見過小沛的母親，我總是避開她，連倒垃圾都特地錯開時間。聽見她開門時，我甚至躲在梯角，不敢吭聲，簡直像《罪與罰》的主角逃避房東一樣。好險她不是我房東。

接著輪到小沛大吼，沒想到連小沛這樣空靈的少女，嚷起來都有八點檔鄉土劇的殺氣：「打零工又怎樣，唸書有什麼用？妳瞧不起的那個宅男是碩、士、畢、業，妳說文憑給了他什麼？學校教的全都是屁——」

「那是他自己不長進，他沒有競爭力，妳還想學他？」

「學他有什麼不對？努力追求夢想，把人生貢獻給寫作，這樣的生活有什麼不好？」

「寫作？笑話！他出過書嗎？妳喔，整天只會頂嘴！以後不准再去樓上找他！都是他把妳帶壞了！妳想要像他一樣，一輩子住鐵皮屋嗎？臺灣現在經濟這麼糟，就是因為他這種人太多了！每個人都只做『想做的事』，不去做『該做的事』，我們的產業競爭力怎麼辦？現在的年輕人，一天到晚說要逐夢，卻要整個社會付出代價！不腳踏實地，談什麼夢想？自私自利，拖垮國家！碩士？他是文組碩士，有個屁用？看看妳的大堂哥，人家科技產業年薪兩百萬起跳，兩百萬！人家想換屋就換屋，妳看我們家，連電梯都沒有，妳要我老了以後怎麼回家？難道妳要背我爬樓梯上來嗎？妳看看永和現在的房價，二十幾年、三十幾年的中古屋隨便一戶都要兩千萬，妳要我們家以後怎麼辦？」

我頭皮發麻，起身關上窗戶，將她們的聲音隔絕在外。

要命。

安蓓在屋內四處遊盪，高跟鞋差點踩過一隻垂死掙扎的蟑螂。天哪，我忘了把地上的黏蟑屋收起來！好在她絲毫沒有察覺腳邊異狀。我悄悄靠近，若無其事將黏蟑屋踢到沙發下面。

而安蓓正在端詳茶几上的橘紅色相框。畫素不高的舊照片，戴著紅色圍巾的麗華。

「這是……你女朋友嗎？」

要命。

「跟我說嘛，」那懾人魂魄的深邃眼神，再度讓我心驚：「喔，該不會分手了吧？為什麼？」

「……因為她有自己的人生規劃。」話一出口，我旋即後悔。

「那和分手有什麼關係？」

「小姐，人生沒那麼簡單。」我試著奪回主導權：「我們在某些事情真正發生之前，都以為我們可以掌握一切，但那只是妄想而已。事情只是還沒發生。妳知道，人生總會在某個時候，突如其來的某個時候，突然就什麼都無法控制了。像車禍一樣，超速、失控、受傷、復健，這一切都無法掌握。」

「噢。你的車禍，嚴重嗎？」

「車禍只是譬喻。譬、喻。」

「噢。那為什麼要分手？」

「沒為什麼。」

「……因為你沒前途？嗯，我的意思是，買不起房子。」

我明明有千萬種解釋可以採用，卻說不出半句話。她笑得莫測高深：「這樣吧，我知道我想出什麼書了。我們來寫我的私密八卦吧。」

「我才不寫這種東西。」

「我是認真的，你們作家都叫它什麼，懺情錄？讀者不是都喜歡看演藝圈的八卦嗎？」

「可是沒有人知道妳是誰，妳只是個小模。」

「你說什麼？」

「我說，沒有人知道妳是誰。妳又不紅，甚至算不上什麼正妹，只是妝化很濃而已。」

正中要害。

她猛然站起來，拎起包包，摔上大門，走人。

但我明明不想傷害她。為什麼會說出那種話呢？話語為何總會傷人？明明是無心之言。我永遠學不會教訓，總在說出口之後，才發現說錯了話。

所以我只會寫作，只會不斷修改，試圖彌補錯誤。一再斟酌先前寫錯的字句，反反覆覆，直到完全扭曲現實。回過神時，我才驚覺，我再也說不出正常的話語了。我只會一再塗抹、一改再改，直到全然忘卻初衷。

我下樓去找安蓓，想向她說聲抱歉。

一開門，白燦燦的太陽迎面襲來。我閉上雙眼，想像末日在遠方爆炸，無聲無息，而一切皆已改觀。

3.

斜陽照耀迷宮般的永和，塵土飛揚，閃著迷濛的光。

我穿越趕著回家的汽機車，越過震耳欲聾的工地、動彈不得的公車，在喧囂的馬路上迷失方向。

安蓓不知往哪個方向消失了，在這忙亂似鼠窩的小地方，誰和誰都是暫時寄居的過客，誰或誰失去蹤影都不足為奇。所以，就讓她走吧。她不過是個素昧平生的人。我和安蓓見過幾次？算算日子，才四次而已。她再怎麼失意，也輪不到我來安慰。

但，那眼神。

想再看一次她的雙眼。

日落時，我走到河濱公園，整片遼闊的天空正在褪色死去。隨意找個地方坐下，三個高中生模樣的少女正在練騎機車，催油門和尖叫聲都顯得青春極了。然後她們回過頭來，我才發現自己盯著她們的樣子，大概和那些中年大叔慾求不滿的落寞眼神沒什麼兩樣吧。要命。我只好若無其事，起身，沿著籃球場漫步至網球場，四周都是齜牙咧嘴、到處衝撞的青少年。

然後，我看見安蓓。

她背對著我，坐在高臺上，身影幾乎融化在逆光的新店溪裡。我在她身邊坐下，兩人都沒開口，靜靜凝望逐漸化作紫紅色的波光。

我們並肩，看河對岸的臺北城亮起點點星光。那大片高樓，是多少人未能得償的夢。大樓俯視著河，俯視著我們。

「你有沒有想過，普通人的生活是什麼樣子？」她說。

我無法回答。此刻晚風涼爽，我們身邊是推著嬰兒車的年輕媽媽、揮著雙手健走的老人、拿著書包打來打去的年輕學子、忙著講電話的西裝筆挺男人、抱著檔案夾匆匆走過的粉領族，還有那群練學機車的高中生。他們都是能夠輕易辨識的類型，任何人只要看上一眼，都能想像他們大概的生活細節。所謂的普通人生，大概就是這樣吧。

「什麼樣子？」我還是想聽聽她的答案。

「從很久以前我就決定，我不要這樣的人生。」安蓓說，「就算我現在後悔，也來不及了。」

我看著那些所謂普通的人，他們都在社會上擁有確切的位置，在各自的人生階段，恰如其分地做著該做的事，而社會為他們準備量身訂做的消費型態、電視節目、假日規劃，適切得鉅細靡遺，毫無誤差。

「沒錯，我就是要出一本懺情錄，」她說，「要多聳動就多聳動，我決定賣掉我自己。就算只成名一下下也好，現在不賭這一把，我就完蛋了，我永遠翻不了身。你知道翻不了身是什麼感覺嗎？」
她轉過頭來，那雙星辰般的雙眼，深深探進我的靈魂。
我知道，我當然知道。
「所以妳才來找我嗎？」我說，「一個翻不了身的三流作家？」
「不是……」
「對，我連作家都不是。」
「你知道我不是這個意思。」
她回答的聲音，很輕很輕。瞬間，我覺得非常脆弱。安蓓伸出手來，摸摸我的頭，讓我將頭靠在她肩膀上。
我們就這樣在喧嘩的公園中靜靜坐著，直到被深色的黑夜包圍。
「我們走吧？」夜幕低垂後，她這樣說。
我點點頭，從我們坐著的高處跳下來。
她跟著跳下，卻摔倒在地上。我伸手想扶她，但她拒絕我的攙扶，咬緊牙關自己爬起來，走了兩步，痛得皺起臉來。
「妳受傷了？」
「好痛……」

「我幫妳叫計程車？」

「不行，我不能這樣回家……」

我只好將她再帶回我家。攙扶她一跛一跛爬上頂樓之後，她坐上沙發，似乎再也不願移動。

我從冷凍庫拿出冰塊，她脫下絲襪，讓我為她冰敷腳踝。

我輕輕按摩，想舒緩她的痛楚。她真的扭傷了。一碰觸她的腳，她就痛得呻吟。我用雙手包裹那纖細的腳踝，緩緩按揉。她微微蹙眉，忍耐著不要叫出聲來。

她的肌膚好細緻，踝骨像易碎的藝術品，隨著我按壓的力道而陣陣緊繃。我看著她壓抑疼痛的表情，覺得身體悄悄有了反應。

她似乎臉紅了，我也是。

「好久沒人對我這麼溫柔了。清鋒，謝謝你。」

說完這句話，她竟然哭了。她伸手擁抱我，在我耳邊呢喃：「寫我，寫我……把我寫得聲名狼藉，讓我家喻戶曉……」

繁花錦簇撲鼻而來，她的香水在我懷裡暈開。她溫軟的吐息吹在我耳畔，熱熱的、麻麻的。

我一時衝動，將嘴唇湊近她臉頰。

她立刻變臉，猛然將我推開。

我趕緊放開她。

拉遠距離。

「妳別誤會。」我說。「我沒有別的意思。」

她緊抿雙唇，用那雙黑白分明的大眼睛盯著我瞧，像緝毒犬試圖分析我這個人的組成成分。經過半世紀那麼久的沉默之後，她的臉色終於和緩下來。

「我相信你不會亂來。」她說，「你是正人君子。」

就這樣，我拿到生平第N張好人卡。

那晚，安蓓在我家過夜。我讓她睡房間，我睡客廳沙發。

夢中是陰森幽暗的森林，像廉價電影的布景，一點創意都沒有。低下頭，發現手上拿著一支鏟子，只好開始挖土。我不知道自己為什麼非得向下挖不可，但既然醒不過來，也只能死命地挖，簡直是夢遊症兼強迫症。終於挖出一隻人手，蹲下將土撥開，土壤中的屍體，竟是我自己。

我的屍體睜開眼睛，撲了過來。

我在森林中奔跑，拼命地跑，我慘白僵硬的屍體在後面追趕。終於森林中出現了人，我大聲求援，但所有人都冷眼旁觀。定睛一看，那些冷眼看待的路人，竟然都是面容慘白的我自己，一字排開像是工廠製造的複製品。複製品的複製品的複製品，無限延伸，集體夢境。我的屍體掐住我的脖子。慘叫。

夢醒時，暖暖的陽光照耀客廳，我陷在沙發裡，腰痠背痛。

安蓓坐在對面喝咖啡，桌上放著一個A4信封，顏色像發霉的奇異果。

「郵差剛剛來過。你的包裹。」她說。

那是我親手寫的回郵信封，打開來，又是一份《無涉》列印稿。

第三十次退稿。

結束了。

我早就想結束。我其實無時無刻不想著放棄，像薩克無時無刻不想著死。《無涉》第十次被退稿時，我下定決心：等到第二十次退稿，就放棄寫作。

第二十次退稿時，我卻又告訴自己：等到第三十次退稿，再放棄寫作。再不放棄，我的人生就完了。青春底線一延再延，過期標籤撕了再貼。遙不可及的夢想是遠端遙控的詐欺慣犯，始終無法罷手，在每次走投無路時突然表態，以惡魔的囁語低吟：嘿，再試一次吧。

像薩克無時無刻不想著死，或許是藉此告訴自己，再試最後一次。

長久以來，我不斷否認我是星野垣，卻無法忘懷，成名的滋味。

最初，剛開始寫作時，筆下每個段落，都是獨一無二的小宇宙。創造的過程，就是我的救贖。那是我構築的世界，只為我而存在的世界。寫作時，我就是造物主，而我以為，那就是生存的意義。我以為，只有創作，才能體現人活著的狀態。

那樣精力充沛、純粹只信仰創作的年歲，而今回想，竟恍如隔世。

「你已經是星野垣了，為什麼還要投其他出版社？你名利雙收，還需要文壇認同嗎？」第八名警察這樣問。

「因為我不是星野垣。」

◈ ◈ ◈

◈ ◈ ◈

放下手中的A4信封，發現安蓓竟然買了早餐。兩人份的熱茶、煎蛋、烤麵包，簡直像新婚夫妻一樣。但我們明明什麼都沒做。

「你臉色好難看。那是什麼？」

「我的小說，被退稿了。」

「臉別這麼臭，來吃早餐吧。」

這種時候，還吃什麼早餐？

「安蓓，妳懂不懂，這對我非常重要，這是我的第一本小說。這次，是它第三十次被退稿了。」

「三十次算什麼，我已經試鏡失敗好幾百次了。」

「這能相提並論嗎？這是長、篇、小、說，妳知道一本長篇小說要寫多久嗎？三年，我寫了三年，我一輩子的成就全都賭在這本書上，妳拿妳的試鏡來比？妳試鏡要準備多久？」

「比你想像的久。杜清鋒，你以為你是誰？長篇小說就了不起嗎？這麼了不起的話，為什麼沒人要出版？你的失敗才是悲劇，別人的失敗都不算什麼？欸，你知道我為什麼喜歡星野垣嗎？」

「我不、想、知、道。拜託妳不要再跟我提星野垣，我這輩子怎再麼窮酸，都不想成為他那樣的作家。」

「少來了。杜清鋒，你什麼都不是，你連星野垣的千分之一都比不上。你是誰啊？你以為你很特別嗎？我告訴你，你這種人我看多了，沒出息的文青，又窮又憤世嫉俗，覺得自己懷才不遇，其實只是四周沒人跟你說真話而已！你跟別人有什麼不一樣？照照鏡子吧你，學學星野垣吧你！」

「別跟我提星野垣！我寫的是真正的文學！像他那種沒大腦的通俗作家，就算要我當，我也不肯！」

「裝模作樣。你明明參加過『星野垣百萬小說獎』。」

「妳……妳怎麼知道這種事？妳翻我東西？」

安蓓伸手指著書架一角，燙金的精緻小卡印著「文維出版社感謝您參加『星野垣百萬小說獎』。參賽作品名稱：無涉」。

該死，我竟然沒把它丟掉。

「沒用的傢伙，去看看星野垣的作品吧！」安蓓邊說邊拎起包包，「你馬上就會知道，像你這種咖，再怎麼努力都不會成功的！」

門「碰」一聲關上。

回過神時，只見她的絲襪，落在沙發旁邊。

安蓓。我只見過她五次面，區區五次，為什麼她的身影已充斥在我家各處？她的絲襪在我手中變換形狀，在透明與不透明之間伸縮、緊繃、頹皺。我想著她深深微笑的眼眸，想著她邊笑邊搥我手臂的樣子，想著她被我按摩腳踝時，微微蹙眉的神情。

我們之間明明什麼都沒有發生，但我竟然如此想她，瘋狂地想她。為何如此無法克制自己，為什麼就這樣陷了下去？

為什麼，連她都在讀星野垣？

◈　◈　◈

事情就是那天晚上發生的。

但我必須先澄清一下：我平常真的不會做這種事。我很少上網，也不清楚網路世界如何運作。我只是對孤狗大神搜尋星野垣，然後連線至星野垣官方網站，想看看他的文字究竟是什麼樣子。

我讀了。

所以，這就是星野垣。

不過這樣而已。星野垣。他憑什麼。我點著滑鼠，心中的不滿漸漸擴大，隨網頁的陰暗色調緩緩下沉，探進我從未意識的深處。人心危脆，我已掉入陷阱。網路的惡意難以預估，不知不覺，它已進駐我心。

在這之前，我一直以為網民的世界和我沒有關係。阿國每天向我展示他眾聲喧嘩的社交圈子，再怎麼繽紛撩亂，我都不感興趣。酸民的競技場，我更是從未涉獵，我無法理解那些匿名筆戰，那些躲在螢幕後面大放厥詞的嘴臉與姿態。

我以為，我不會變成那副模樣。直到我在星野垣官方網站的黑色頁面左方，點選「我要留言」。面對瞬間跳出的新視窗，看著那一閃一閃等我填入字句的空框，我突然覺得充滿力量。此刻，我降落在至高無上的黑暗崗位，所有即將說出的話語，彷彿都無遠弗屆，能夠影響星野垣的萬千讀者，而這些話語我都無需負責。此刻，我才理解，那種似乎可以無所不為的錯覺。

當時，我覺得自己好悲哀，覺得自己的可憐之處，就是死守理想。

但是說真的，我其實並不打算留言。正要關掉網頁時，手機響了，是阿姨。每次她打來我都不想接聽，但已經連續裝死好幾次，總得接一下。阿姨根本不知道我在做什麼，她只會一直問重複的問題，每次都搞得像回家過年一樣。真的很不想接，但我沒有選擇。

「清鋒！你還沒睡吧？」

「阿姨，這麼晚打來，有什麼事？」

「對啦，俗話說得好：無事不登三寶殿，你果然聰明。你最近在做什麼工作？」

「還是一樣……」

「你表哥工廠最近在徵人，工作很適合你！」

「不用了……」

「唉唷清鋒，你聽我說，這個是坐辦公室的工作，很適合你這種讀書人，而且你習慣日夜顛倒——」

「日夜顛倒的辦公室？阿姨，妳在說什麼？」

「就是說，你表哥工廠現在缺大夜班保全，保全有自己的辦公室，晚上工作又清閒，俗話說，肥水不落外人田，你要的話，我明天就——」

「謝謝阿姨，但真的不用了。」

「月薪三萬五欸，這麼好的機會你不把握，以後就不要怨天尤人！」

「這麼好的機會，找表哥去做不是更好嗎？」

「你表哥作息很正常，日班產線的工作也很穩定，還要顧兩個小孩，總不能都丟給你表嫂，你表嫂上班也很忙，而且她剛懷第三胎……」

又懷孕了？其實她打來，只是為了炫耀這件事而已吧？總之她兒子增產報國、一家和樂、工作勤奮，不像我孤家寡人沒出息就是了。我忍不住嗆她一句：「不過保全這種工作，表哥應該坐不住吧。他高職三年都在騎車把妹不是嗎？」

「對啊，所以我才想到你。」她竟然一點都聽不出我在諷刺，「我說清鋒，你好好考慮一下，你現在的收入，夠用嗎？」

「很夠！很夠！謝謝阿姨關心！」

「夠用就好，那你什麼時候要結婚？好久沒看見麗華了，什麼時候帶她回來坐坐？我說啊，就算你不急著結婚，你也要替麗華想想，早點給人家一個歸宿，俗話說早生貴子，女人的生育年齡可由不得你一拖再拖，看看你表嫂——」

「阿姨不好意思，有個重要的客戶緊急來電，我非接不可，下次再聊！」

阿姨還沒回答，我就掛斷電話。

放下手機，不禁大大比個中指。我表現得很好，一句髒話都沒罵。

事後回想，阿姨這通無比庸俗的電話，大概就是壓垮我理智的最後一根稻草。

回到電腦前方，面對我的「客戶」。星野垣，世界如此庸俗，都是你這種傢伙害的。

在留言板鍵入姓名：「**寫作之人**」。

留言內容：「**星野垣，還是猩野猿？星野垣製造出來的文字，沒有一個字值得閱讀。**」

開頭還不錯。我重讀兩次，然後繼續鍵入。

去你的星野垣。

結果我的留言總計 3,786 個字，占了三頁留言板，我從星野垣的筆名開始評論，然後評論他的書名，接下來評論他最著名的幾句荒謬言論，最後如此作結：

> 星野垣寫的文章，不過是 Google 翻譯自動產出的文字，他不假思索，憑著一張胡說八道的嘴和無限狂妄的態度，就讓讀者買單，殊不知讀者買下的，不過是廁所捲筒衛生紙上面的印花圖樣。因為現代人都嚴重便祕，蹲馬桶蹲很久，卻一個屁都放不出來，所以他們只好去讀星野垣，因為那些白紙上面印了一點什麼東西，他們就可以假裝自己蹲馬桶這段期間，雖然一個屁都放不出來，卻還是吸收了點什麼東西。星野垣其實是代替讀者走進廁所放屁，儘管那其實一點用都沒有，因為讀者真正的願望，是能夠把滿腹大便通通排泄出來。代替讀者脫褲子放屁，此乃星野垣對臺灣社會的貢獻。

送出留言。

好爽。

這就是網路的力量。

留言刊登之後，我看著眼前黑白交錯的字句，那正是網路上隨便哪個酸民都會發表的謾罵。

匿名、尖銳、歹毒，那竟是我寫的字。鏡中陌生的臉，惡意漸漸蔓延。終於我清醒過來，在留言下方點選「刪除留言」。新視窗再度出現，態度果決：「您尚未登入，無法進行此項操作」。

該死。

冷汗自額角滴落。我惡意的證據，就這樣公諸於世，不可取消。我在螢幕前空轉滑鼠，再按幾次、再按幾次，對同樣的回應反覆困頓，一籌莫展。我嘆口氣。算了吧，反正沒人知道是誰留的言。終於，我關掉電腦，決定將這件事情拋諸腦後。

網路的惡意，無人知曉。

內心深處，我心知肚明，自己在這網站留下的胡言亂語，完全符合安蓓對我的評論。我只是窩在自己的小世界，向外面的世界報復。我只是個酸臭阿宅魯蛇，和萬千酸民毫無不同。但匿名的誘惑該如何抵擋呢？在那個當下，在送出留言那一刻，我竟看見某種光芒，照亮我一向沒人傾聽的小舞臺。

你真的懂寫作嗎？

你懂文學嗎？

我呢，我懂什麼？

幾分鐘後，我家電話響了。時值午夜，應該不會有人打來才對。而且我的電話是裝網路順便裝的，只有中華電信知道號碼。無庸置疑，那若非詐騙電話，便是陌生人誤按的後果。我任它漫響一氣。電話響了又停、停了又響。一響再響。當我家所有牆面都彷彿敲擊著千萬顆乒乓球來回震盪的餘音時，我終於失去耐性，接起電話：「喂？」

彼端傳來低沉的男人聲音：「寫作之人？」

「什麼？」

「你剛剛在我的網站留言，寫作之人。」

不。不可能。

那聲音繼續說：「你的留言一點邏輯都沒有，你怎麼不說我是幫讀者爽快地拉肚子？」

我大驚，掛掉電話。

電話再度響起，我將桌上物件全部推開，挪開茶几，找到電話線插孔，手忙腳亂拔掉電話線，四周終於安靜下來。

我知道你們不會相信，但事情就是這樣發生的，我留言，然後電話就打進來了，簡直像是家裡所有電器用品一起串通好要整我一樣。

拔掉電話線後，我鬆一口氣，卻已大汗淋漓。那個人是誰？為什麼他會知道我留了言？為什麼他會知道是我留的？這是傳說中的人肉搜索嗎？但會不會太快了？

我去廚房倒了杯茶，試著定定心神，但眼前偏偏是齜牙咧嘴的《鬼店》。

為什麼要在這種地方貼這種海報？要命。

對了，我的市話號碼和網路帳號有關。我留言時，網站大概記錄了我的伺服器IP，對專業人士來說，或許很容易找。

星野垣網站的管理員，應該是專業人士沒錯吧。我蹲在地上，試圖整理從茶几掃下來的雜物，發現黏蟑屋那隻蟑螂竟然還沒死。牠微微抖動觸角，在汪洋中試圖求救。我撿起黏蟑屋，牠竟開始猛然搖晃前腳，該不會以為我是來救援的吧？手機突然響起，我盯著拼命揮手的蟑螂：

「喂？」

「寫作之人？」冷冷的聲音。

我趕緊掛斷電話。不明號碼再度來電。不可能，不可能……市話響起還有幾分道理，但手機都追蹤得到，這人肉搜索未免太全能、太迅速了。這冷冷的聲音是誰？他想幹嘛？

我將手機關機，疲倦地沉入沙發。不回應就沒事了，那冰冷的聲音不能對我怎樣。

我縮著身子，陷入夢鄉。

醒來時，在屋內大聲作響的，是我家門鈴。

我將頭埋到抱枕下面。不可能。不可能。門鈴堅持的聲音充斥整個空間。我想剪斷電線，但找不到工具。一刻鐘後，我終於領悟，這是我這輩子遇過最詭異的夜晚。那聲音絕對不會善罷甘休，若我再不起身，那東西大概會化做幽靈穿牆而來，占據我整個客廳，變成我家的地縛靈。

終於，我像殭屍一樣撐起身子，殉難似地走到門前，按下對講機：「……喂？」

對講機傳來冷冷的聲音：「寫作之人？」

要命。

「下來。」那聲音說。

「你想怎樣？」我考慮報警，但報警又能怎樣？我挑釁在先，他們只是回應，儘管是凌晨四點的人肉搜索，警察又能如何？

「你不下來，我就上去。」那聲音說。

靈異事件不需要理由。我放棄抵抗。在屋內巡視一圈，將一把瑞士刀放進口袋，開門，下樓。

凌晨四點的永和街頭，是我從沒見過的風景。旋開公寓大門，騎樓漆黑一片。路邊站著一個人，路燈逆光的影子，看來不懷好意。

他背對著我，面對空無一人的偌大十字路口，像個盡責的深夜警衛，對著空曠的末日風景，執勤。我隔著他的身影，凝視無垠闇夜，似乎看見許多前來問路的幽魂。它們搖晃著飄逸的螢火，發出悲悽的聲音，只希望有人聽見他們的哀嘆。一轉頭，那些幽魂便看見他站在騎樓下，在凌晨的我家門前，在不屬於活人的時間裡。我彷彿聽見他開口指引那些幽魂：眼前沒有逃離此世的出口，但若上橋左轉，可求助靈驗廟宇——

他轉過身來。

我們之間隔著一排緊緊相依的機車，形成一堵幾乎可以保護我的壁壘。

他臉上，有一道駭人的刀疤。傷痕從他的右邊眼角一路爬到嘴角右側，儘管燈光陰暗，依舊怵目驚心。

他意識到我的目光，伸手摸摸那道疤，笑了。陰森的微笑。

「你在看我的刀疤？」冷冷的聲音說，「這是《傷心咖啡店之歌》裡的海安自己動手劃下的刀疤。」

「啊？」

「我和他一樣，舞動著放浪不羈的孤獨，追尋遙不可及的溫暖。」他說完，彷彿怕我沒聽懂，於是再強調一次：「《傷心咖啡店之歌》。」

也太復古了吧？若我是某些知名作家，便會在這書名旁邊加上點點，一字一點。若我是另一類知名作家，便會將這七個字標成粗體。若是某某作家或某某作家，便會將它標成標楷體。但我誰都不是，連劃線我都沒有權力，只好用頓號強調：傷、心、咖、啡、店、之、歌。

在九〇年代的懷舊氛圍之中，我，就這樣，陷入了怪談的時空。

「敢留言，卻不敢承擔，你算什麼『寫作之人』？」他說話時，臉上的疤也隨著音調起伏，「杜清鋒，你不如自稱『無臉男』。」

「你為什麼知道我的名字？你是……誰？」

「明知故問，你知道我是誰。」

是的，我當然知道他是誰，他冷笑時，那道橫跨整張臉的刀疤彷彿也笑了起來，讓人毛骨悚然。從來沒有報導說過，星野垣臉上有一道疤，沒人說過他其實是個陰森的傢伙，但我知道，我從他說話的狂傲態度就知道，我面前這個詭異的刀疤男，就是星野垣。

「不可能，我不會上當的。你只是網站管理員，說不定是個駭客，或是詐騙集團……」

「別故作鎮定了。你知道我是誰。你自己知道你知道。你說嘛，捲筒衛生紙的印花，你懂它的製造過程嗎？」

「我……」

「沒關係，我知道，身為白痴是很累人的。尤其是不知道自己是白痴的那種人。」

「你想怎樣？」

「我要你為我工作。我要你來當當看星野垣。」

「……什麼意思？」

「哼。你們這些文藝青年，都故作清高，嘲笑我，故作不屑，但是，要是有那麼一天，出現了一個神仙精靈，拿著仙女棒問你：『你要不要成為星野垣？要不要跟他一樣成功，擁有跟他一樣多的書迷？』你們沒有一個會說不。」

「我、我會說不。」

「你才不會。你馬上就會搖著尾巴，說我要我要，我要成為星野垣。」

「……你到底要我幹嘛？」

星野垣點了一支菸，仰望煙霧在昏黃燈光中冉冉上升。

「你是《山與海的回憶錄：我的成功要訣》的作者吧？」他說，「我要你幫我寫一本書。」

「幫你寫書？你是星野垣，多產作家星野垣，大家都說你是鬼才，『你』要找人代筆？」

他看著我時，我竟然打了個冷顫。

「你不會懂的。我寫不出來了。」他說。

騎樓黑影擴散，陰氣逼人，怨靈從怪談裡爬了出來。

「我再也寫不出來了。」他再強調一次。

他真是星野垣嗎？轉頭看向空無一人的街，夜深人靜，連隻貓都沒有，我確實是掉進異空間了，在這裡一切都有可能，在這裡，星野垣要我代筆。

「我不相信。」我說。

「信不信隨你。」他表情始終冰冷，「我要你寫的書，書名是《犯罪者的告白》。」

遠方駛過夜歸的車，我無法回應。四下非常安靜，我卻開始耳鳴。

「我要你寫的……」他自顧自地說，飄渺的話語伴隨我耳中尖銳的鳴音，「是我自己的故事，是我一輩子都沒有告訴過別人的祕密。我從未說過，也無法透過自己的手寫出來。這個故事，我要你幫我寫。」

「但是，」在喧囂的雜音中，我幾乎聽不見自己的聲音，「為什麼是我？」

「因為你留了那個他媽的留言。你是怎麼說的，你說我寫的東西是什麼？」

「……」

「你說，我真的懂寫作嗎？」

「……」

「酬勞是五十萬新臺幣。」

這麼多？

「你考慮一下，想好了留言告訴我。」他再度冷笑，「哼，我真的懂寫作嗎。」

他轉身走遠，被黑夜吞沒。對街轉角，只見他優雅招手，坐上立即駛近的計程車。那是我從來不敢奢想的交通方式。我不禁幻想，載著星野垣的計程車司機，會不會因那道疤而在後照鏡中流露畏縮的神色，有沒有可能聯想二十年前某本暢銷小說的飄泊男主角？再怎麼揣測，他都無從知曉，他載的客人，是廣告四處張貼的作家星野垣。那真的是星野垣嗎？

耳鳴褪盡時，永福橋畔傳來零星的車聲。城市在睡夢中翻了個身。街突然有了聲音，彷彿整條街道突然清醒過來一樣，機車在遠方呼嘯而過。

◈ ◈ ◈

想出「廁所衛生紙的印花」這個譬喻時，我滿得意的，決定將它寫進我的下一部作品。

沒想到，到了隔天，星野垣就在他的網站上發表一篇文章，針對廁所衛生紙的印花高談闊論，把我難得的絕妙靈感，直接變成他筆下的一段廢話。

「你在讀星野垣？」阿國瞥見我的電腦螢幕。

「沒有啊。」我趕緊切換視窗。

窗外是大雨的街，阿國把一壺茶放在我面前。

「今天我招待。」他說。

「不要啦。我總不能一直讓你招待。」

「為什麼不行？」

阿國笑得爽朗，我環目四顧，親愛的放浪咖啡館，空無一人。

儘管大雨，我還是從永和走路過來。雨傘在橋上被吹翻好幾次，每次計程車減速靠近，我都只能尷尬地擺手拒絕。

廁所衛生紙的印花，我連印都印不出來。人家擁有大大的印刷廠，隨手就能用衛生紙堵住整條淡水河，而我的印表機已經閒置許久，因為我連一顆新的墨水匣都買不起。

◈　◈　◈

「如果有一天，妳最討厭的同學對妳說，只要妳幫他一個忙，他就給妳五十萬新臺幣，妳會怎麼做？」我問小沛。

「用棒球棍敲他的頭。」小沛不假思索、頭也不抬，「這些亂七八糟的垃圾，到底是哪一家放在這裡的啊？」

「每一家都有份吧。」我苦笑。

小沛拿著手機，忙著拍攝我家門前的雜物。頂樓鐵皮屋與水塔之間的屋簷下，堆滿了鄰居們隨意暫放的各式各樣閒置物品。花盆、舊電視、破洞的藤椅、貼著「小美冰淇淋」貼紙的冰櫃、蒙塵的洗衣機，簡直是舊物回收站。人類對於物欲的執著，都壅塞在這小小一角。定睛一看，靠牆的角落竟然還堆了一大袋尚未拆封的平板衛生紙，沒有印花的廉價品，很適合這幢沒有電梯的破公寓。

「那，如果說，妳幫了討厭的同學這個忙，就可以得到妳最想要的東西的話，妳會怎麼做？」

「我最想要的東西，是什麼？」小沛這樣問我。

我一時語塞。

她兀自轉身，攀著鐵梯爬上水塔。她一向喜歡窩在高處，享受無人知曉的自由。躲在水塔旁邊的話，就算她媽媽突然打開頂樓大門，也不會發現女兒的蹤影。

我也跟著爬了上去。天空是一望無際的藍，我們站在高處，俯視喧囂的永和風景。小沛似乎很開心，她舉起手機，拍攝天空。風吹了過來，她輕輕閉上雙眼。我看著她青春稚嫩的表情，回想自己從青春期到現在恍恍惚惚虛度的歲月，突然覺得，我至今的人生都白活了。

平版衛生紙、捲筒衛生紙、抽取式衛生紙、遇水即溶衛生紙，不管有印花還是沒有印花，到了最後，都是一樣的結局。

4.

村上龍在《希望之國》中說，活在養雞場裡的雞，不會認為自己有所匱乏。星野垣熱愛這譬喻。他說：沒錯，窮其一生，我們都活在養雞場裡，整個世代都處於被動的狀態，被生下、被餵食、被宰殺，無意識地製造下一世代的無意識，最後毫無意志地死去。雞的價值不在生前，而是死後。更確切地說，牠們是用生命去交換價值。所謂價值，指的當然是牠們那鮮美多汁的屍身。牠們每天庸庸碌碌拼命地吃，只是為了讓另一個物種盯著牠們的殘肢垂涎：「哇噢，好肥嫩的雞腿啊。」星野垣說，人類一生都是如此，生活在偽裝成世界的養雞場裡，從來都搞不清楚，那雙餵食我們的雙手背後，究竟藏著什麼人、帶著怎麼樣的面容表情。來來去去，都沒有意義。

雞的價值不在生前，而在死後。從小到大，所有教育場所都是如此。讀國中的價值，只在你念完國中、考上高中時才能體現；讀高中的價值，又得等到你念完高中、考上大學時才能得證；如果讀完大學，卻找不到工作，大家都會說你白讀了。我們所有青春的價值，都被投影在虛幻的未來，但我們的眼中，永遠只有今日的糧食。那便是，養雞場。

「你不覺得很悲哀嗎？」星野垣這樣問我。

我聳肩。當然悲哀，這不是廢話嗎。答案想當然耳，我懶得回應。

但星野垣說，要寫他的小說，我首先得學會重複那些想當然耳。他說，每個段落都要以老生常談開場，就算我覺得是廢話，但這些似曾相識的老套卻能迅速在讀者心中引起共鳴、讓他們立刻融入故事當中。這也太瞧不起讀者了吧？但我懶得爭論，不想用廢話回應廢話。

於是我只好順他的意，開始描述已經好多人描述過的養雞場，並用這句話為第一段結尾：

你不覺得很悲哀嗎？

黑畫面。

微光乍現，眼前是星野垣要我描寫的那座養雞場：一所小學。

這間學校不大，是鄉下地方那種每個年級只有一班的小學校。喧嚷的校園裡，一群六年級學生正在玩躲避球，一停球一轉身，每個動作都蹭得塵土飛揚。

髒兮兮的風沙中，我看著拋擲躲避球的隊伍。我看見少年B。此刻，他拿著球，作勢瞄準人群中最可愛的女生，嚇得她花容失色。但出手當下，他突然轉往右邊攻擊，擊中另外一人，原來是聲東擊西。他笑了，眼角兩顆黑痣讓眼神更顯深邃。四周同伴都鼓掌叫好。球再度傳到他手中。看得出來，他在同儕當中很受歡迎。他舉高那顆燦爛閃耀的躲避球，每擊中一個人，隊伍中便有人歡呼。

多讓人羨慕的十二歲，青春、汗水、友誼。少年B，俊俏開朗的男孩，擁有陽光般的笑容，似乎不知憂愁為何物。

這塵土飛揚的場景，想告訴讀者什麼呢？或許是一種鄉愁，消逝了的純真年代。

突然，少年B的隊友漏接了球。那顆躲避球在地上輕盈跳躍，滾到操場邊緣。少年B追著球，跑遠，穿過設置單槓與盪鞦韆的空地，鑽進空地旁的樹叢中。

樹叢離圍牆不遠，總有些學生窩在這裡，幹些老師看不見的勾當。少年B進入樹叢，撞見另一群六年級學生。他們靠牆站立，圍繞著一名蹲在牆邊的學生。蹲在地上的男孩獨自瑟縮，白襯衫上沾著黃褐色的鞋印。

他，是少年A。

少年A也是六年級，相較於其他同學，卻顯得矮小一截。他臉色蒼白，看來弱不禁風。少年A一看見突然闖入的少年B，急忙將歪斜的眼鏡戴好，投射求救的眼神。

少年B無視少年A的存在，若無其事地向其他人打招呼。

「球。」少年B用下巴示意。

其他人將球丟給少年B，少年B做出「謝啦」的手勢，回到塵土飛揚的操場打躲避球。歡樂童年的陽光操場，上道的少年B。

沒有人想去理會少年A。樹叢後面是另一個世界，想待在操場中央盡情玩耍的人，不應去干涉另一個世界。躲避球局再度換場，少年B依舊在場外，虛張聲勢嚇唬場內的可愛女生。不久，鐘聲響起，少年B和同學打打鬧鬧，一面嬉笑一面走進教室。

當所有人都坐定、拿出課本後，少年A才緩緩進入教室。他的襯衫髒兮兮的，似乎沾到泥土又被水潑過，某些愛乾淨的同學不禁面露嫌惡。

（你看看他，噁心死了。）教室中彷彿出現這類耳語。孩子們交頭接耳，模擬成人社會的禮俗。

畫面定格在少年A臉上，我看著他，厚重的鏡片、惶然驚恐的眼神。

◈　◈　◈

「那就是我犯罪的對象。」

「你做了什麼？」

「你知道，一輩子總會碰上幾個這種人，天生的輸家。如果是年輕不懂事的時候遇上的話，對方就會比較倒楣一點。」

「國小生，能做出什麼事？」

「小孩子比大人殘酷多了，」他冷笑，「你都沒遇過霸凌事件？」

「沒有啊。」我說，「我可能比較幸運吧。」

這倒是真的，我雖然是個書呆子，但同學們不會來煩我，我也不會去干擾他們的世界。我從小就和別人沒什麼交集，每天都忙著埋頭讀一大堆課外書。印象中，國小五、六年級那段時間，我都在讀俄國小說。

星野垣掏出一支菸，點火，煞有介事抽了起來。我怕菸味。別開臉時，他面露一絲嘲諷。

◈　◈　◈

夕陽西斜，寧靜的街人煙稀少。新興住宅區的簇新街道，像是小鎮驀然轉身，發現枕邊多了個陌生人似的，那種突然冒出來的嶄新郊區。白色新屋像假的積木，若不是外星人突然棄置的產物，便是建設公司的錯誤賭注。這些新蓋好的宅邸大半幽暗無燈，不知是房子的主人還沒下班，抑或房子根本沒賣出去。

少年Ｂ背著書包，和兩個同學在路上嬉笑追逐。打鬧一陣之後，他轉向小巷，對同學說聲「掰啦！」

少年Ｂ的聲音很爽朗、很悅耳。討人喜歡的少年。

陽光漸漸稀薄，少年Ｂ獨自走在小巷裡，餘光將他的身影鑲上金邊。空氣變成一種介於橙紅與粉紫之間的微妙顏色，那是過期膠捲才會出現的顏色，陽光在厚實卻輕盈的雲層間，緩緩醞釀如夢的幻彩氤氳。

少年Ｂ一面哼歌，一面踢著石頭。經過路旁的垃圾堆時，卻聽見塑膠袋磨蹭的聲音。

大概是野貓吧。他不以為意，走近一看，那些蠕動的垃圾當中，卻出現一雙正在瘋狂扭動的學校皮鞋。少年Ｂ皺著眉頭，用腳踢開幾個垃圾袋。

「怎麼又是你啊。」少年B說。

少年B的聲音有些厭煩，但這也沒辦法，因為他面前出現的，是討人厭的少年A。他在垃圾堆中拼命掙扎，卻動彈不得，因為手腳都被捆綁起來了。乍看之下，很難說出捆綁他的物件究竟為何，綁他的人大概翻遍四周垃圾，才找到勉強湊合的代替品。少年B走遠幾步，興味盎然研究少年A身上的繩結打法：塑膠袋纏著鐵絲、橡皮筋、傘套，用油膩膩的竹筷固定。看得出來，綁他的人玩得相當開心。直到嘴巴貼著膠帶的少年A發出「唔唔」聲，少年B才抬頭看著他的臉，突然想起眼前是個活人。終於，少年B老大不情願地幫少年A撕開那些塑膠袋。

恢復自由的少年A癱在垃圾堆中，按摩自己麻痺的手腳。他伸出右手，似乎希望少年B扶他一把。

「謝謝……」少年A說，「為了答謝你，你想不想聽一個祕密？」

少年B後退兩步，絲毫沒有伸手拉少年A一把的意思。

「不想。我要回去了。」

少年A沾滿穢物的右手懸在空中，找不到順勢收回的時間點，就這樣僵在原地。少年A，他就是不識相。少年B轉身走開，走遠幾步之後，又停下來。吹了半晌口哨之後，才再度轉頭。

「什麼祕密？」少年B說。

◈ ◈ ◈

「什麼祕密？」我問。

「哼。」

他冷笑一聲，獨自陷入沉思。我在電腦前皺起眉頭，敲打鍵盤的手隨著他的沉默而停下動作。

「你似乎很不以為然？」他說。

「……好老套的故事。」我不禁脫口而出，「而且，什麼少年A和少年B，又不是日本小說。」

「日系風格才有質感，你不懂嗎？」他邊說邊走向窗邊，那兒擺了一臺偌大的按摩椅，「你看看這座按摩椅，本土的臺灣品牌，但是廠商取了個日本名字，消費者就被催眠了。」

「就像你的筆名？」

他放聲大笑，按下遙控器，按摩椅像科幻片裡的未來生物一樣蠕動起來，緩緩變換角度。他坐進宛如太空艙的巨大機器，調整成仰躺姿勢，舒服地閉上雙眼。

我放下電腦，跟著抬頭看向天花板，吊在那裡的水晶燈似乎比我的床還要大，那是塑膠還是玻璃打造的呢？我搖搖頭。一定是假貨，因為星野垣是個假貨。

但這裡確實是有錢人的別墅。兩層樓的歐風宅邸，獨門獨院，連玄關都比我家客廳還大。花園裡有假山假水，只差沒有養一頭高級名犬。星野垣家位在外雙溪，捷運轉公車之後還要走好一段路，差點沒把我累死。

「算了，這個故事不應該從這裡開始。」按摩結束，他在空中劃個休止符記號，拍拍雙手，「從頭來過吧。」

他站起身來，那座太空艙收攏身軀，既溫馴又安靜，像一時失足慘遭人類擄獲的苦命生物，漂洋渡海追尋適宜落腳的土地，卻落入塑膠與保麗龍構成的陷阱。

「你的句子寫太長了，」他說，「多加幾個逗號，句子越短越好。還有，你的段落也太長。記住，一段最好只有一兩行，超過兩行的話，就換段。」

「我拒絕。」我說，「超過兩行就換段，我沒辦法這樣寫作。」

「怎麼沒有辦法，按 enter 就好了。」

星野垣走到我身邊，指著鍵盤上的 enter 鍵。

「呼吸，你懂嗎？」他的口吻像在哄小孩一樣，簡直是刻意羞辱我，「不要高估讀者的肺活量，喘不過氣的時候，就按enter鍵。多按幾次，人家讀得輕鬆，你的錢也賺得輕鬆。你沒出過書吧？這世界講求的，是滿版字數喔。」

「文學獎都要求實際字數。」我嘟囔著。

此言一出，連我都覺得羞愧。我低下頭去。

雖然我總妄想自己是一名作家，但所謂作家的生活究竟是什麼樣子，我根本不知道。星野垣的世界才是真正的文字產業，而我，我只知道打字列印、掛號郵寄、投文學獎。

我只會投文學獎。

上個月，我又落榜了一次。其實我早知道不會得獎，我早就知道，那篇小說澈底寫壞了，根本不可能得名。既然如此，為何還要投呢？大概是鬼迷心竅。寄出之後，我把相關記憶毀屍滅跡，澈底忘懷。那個文學獎的決審會議，寥寥三頁的紀錄，刊在非常有名的文學雜誌上。我下定決心，不去翻閱決審紀錄。直到當期雜誌從書店消失後，欲望卻在我心頭癢了起來。我還是想知道，自己的作品有沒有入圍決審。我想知道，我當時靈機一動的奇異點子，究竟有沒有得到一點肯定？

於是我還是去了，國家圖書館。好可恥，我明明不想記得這件事的。穿越中山南路的寬闊路面，連那漫無止境的斑馬線，都讓我羞愧得低下頭去。好可恥。終究我去了期刊室，拿出那本雜誌。翻到評審會議那頁時，我甚至心跳加快。好無謂的俗念，好無趣的心願。文學獎什麼的一點也不重要，但我卻穿越了中山南路，將包包鎖進寄物櫃，只為了翻看那篇紀錄，那篇只有投稿者才會去看的決審會議紀錄。

翻開雜誌，發現老師是決審評審之一。「老師」是我最崇拜的臺灣作家，雖然我其實從沒真正上過老師的課。老師的臉書是我唯一會追蹤的頁面，每篇貼文都是醍醐灌頂，有時甚至能照亮我人生的方向。

而我寫的那篇文章，確實進入了決審。一位知名作家說，這是篇相當奇怪的作品。另一位知名作家說，他看不懂。「老師」說，這篇文章寫得不錯，風格很特別——僅僅這句話，便足以鼓舞我繼續寫作的決心。

另一位老作家說，他最討厭像這樣的文章，現在的年輕人只活在自己的世界裡，只懂得寫一些偽鄉土與偽病史。他說，我這篇小說唯一的功能，便是點出現代寫作者的蒼白、貧瘠、匱乏。

這句話讓我很受傷，雖然就某方面來說，我也同意他的說法。其實我也不喜歡寫偽鄉土偽病史，問題是我以其他題材投稿的作品，從來無法進入決審。長達五行的討論之後，老師同意放棄這篇作品。繼續討論下一篇。

我抬起頭，看著圖書館櫃檯後方高掛「讀書養氣」這四個字，不懂為什麼這樣顯而易見的事還要公告。去櫃檯調閱其他刊物時，我好想告訴那個戴眼鏡的櫃檯小姐：這本雜誌裡面，我最愛的作家說寫得不錯的那篇小說，是我寫的。儘管這種事微不足道，但我還是被肯定了。如果真的這樣講，她一定會用鄙夷的態度敷衍我。誰在乎這種事呢？

一定要投文學獎嗎？據說不必，每個人都說不必。但我的文章太悶，不適合網路。除了文學獎，我根本找不到其他發表管道。投去報社的稿子，全部石沉大海。都說寫作最忌汲汲名利，但作者若不成名，如何發表作品？

窗外，天空漸漸化作霧狀的靛藍色。

「算了，」星野垣說，「咖啡時間？」

「我不喝咖啡。」

「哪有人不喝咖啡。」

我將滿腔怨懟化作眼中怒火，他卻將我的沉默解讀為同意。於是他轉過身去，走向窗邊。他背後的牆上掛滿許多照片，尺寸有大有小，全是他一個人的照片。

星野垣在桌前寫作的照片、在咖啡館閱讀的照片、草地上盤腿而坐的照片、沉思的特寫照片……所有照片都從左邊拍攝，看不見刀疤那側的臉。自戀狂。明明是從不公開露面的神祕作家，私下卻顧影自憐。牆上將近三十幅照片，展演的是他的身影，更是他的病態。

星野垣打開書桌旁的櫃子，裡面是精緻的 Nespresso 咖啡機。他在五顏六色的咖啡膠囊中挑出一顆黑色膠囊，壓進機器裡，瞬間變出一杯濃縮咖啡。

「杜清鋒，你要什麼口味？」他沉醉於尊爵不凡的遊戲裡，「芮思崔朵、阿佩奇朵、羅馬、沃魯托？」

我不懂咖啡，無法回話。他又冷笑一聲，順手拿個灰白色的咖啡膠囊，壓進機器。

一口嚥下，因苦味而皺眉。所謂成年人，總要硬生生吞下許多東西，才能在這社會立足，是這樣嗎？

「你的表情像在喝毒藥一樣。」他盯著我，笑中帶著惡意，「又不是烈酒。」

文學獎才是烈酒。毒品。高攀不起的佳醇。瞬間燃燒的光輝，轉眼消失殆盡。

事到如今，我寧願自己從沒得過半個文學獎。如果從未得獎的話，我應該已經徹底放棄寫作、開始上班好幾年了。我拿到的那個文學獎，是個虛幻的承諾，而我竟被虛無的妄想沖昏了頭，以為自己真的置身文壇的大門口。

那年，我二十六歲，當完兵、唸完碩士，空白的履歷表還算情有可原。我得了重要的文學獎，文壇前輩以精美熱烈的文字導讀，盛讚我那篇六千字的得獎小說，我以為路鋪好了，今後只要寫就好了。那光環卻迅速淡出、消失，像一場錯覺。我卻陷溺在幻想之中，以為才華受到肯定，只要繼續寫，就一定能看見成果。我把所有時間都拿來寫作，全力以赴，字字精雕細琢，用三年歲月完成了我的長篇小說。

沒人願意出版我的小說。

文學獎得主何其多，文壇早忘了我的名字。但我還想證明自己的能力，每年每季，我持續投稿文學獎，作品經常入圍決審，卻沒再得過獎。每次每次，我勤讀評審會議紀錄，反覆咀嚼評審老師對我作品的評語，發現那寥寥數句，便是我寫作路上的唯一指標。堅持前行，路卻盲目蜿蜒，我越寫越歪，寫成自己都不認識的樣貌，愕然抬頭，地平線早已傾斜，變成一道垂直的錯亂線條。

曾經，我以為自己可以專職寫作。多奢華的夢。

入場券我一直握在手上，卻始終沒找到入口。

終於決定去上班時，我已經快三十歲了。沒有一技之長，從來沒上過班，履歷表只有打工經驗，連手搖飲料店都不肯雇用，只有阿國願意讓我在他店裡幫忙。

新興住宅區，簇新的街道。

◈　◈　◈

一隻穿球鞋的腳，瘋狂踐踏一塊血肉模糊的不明物體。

那或許是老鼠、松鼠或地鼠。無辜的小動物，如今已面目全非。球鞋繼續踩踏，看不清本來輪廓的小東西，漸漸嵌進柏油路面。

球鞋後方是筆直的路，另一雙同樣穿球鞋的腳緩緩走近，停在實體不明的小動物旁。

俯視動物屍體的，是少年A和少年B。

夕陽將天空化作火紅烈燄時，兩個男孩互看一眼。少年A面露「我們是麻吉吧」的那種諂媚微笑，少年B沉著臉，不說話。雲層漸漸變形扭曲。

◈　◈　◈

「我看著他，他臉上帶著笑，那種愚蠢的笑，他真的蠢斃了。天生的輸家。」星野垣說完之後，再度陷入沉默。

我停下記錄的動作，沒聽懂關鍵情節。

「那是你做的還是他做的？」我問。

「什麼？」他緩緩回神，神情恍惚，嗓音帶著夕陽的氣息，似乎還沉浸在故事的世界裡。

我看著他臉上的刀疤，覺得腦袋迷迷糊糊。這幾天來，按 enter 換段的頻率超乎尋常，每段至多兩行的書寫方式，讓我陷入混亂。enter 鍵啪搭啪搭的節奏，打亂我的思考邏輯，害我連話都說不清楚了。

「那隻老鼠，是你踩死的還是他踩死的？」

「那不是老鼠……是人性的象徵。我為什麼要告訴你這件事？這和故事沒有關係。」

「我聽不懂你在說什麼。」

「你一定聽得懂，」星野垣兀自頷首，「因為這是你的故事。」

◈ ◈ ◈

喧鬧的國小校園，下課時間。

校舍不高，只有三層樓。全班同學都在校舍屋頂上鼓譟，所有人盯著少年A。

少年A抱緊雙臂，因恐懼而顫抖。

在他面前，一塊細長的木板，橫越兩棟相鄰不遠的校舍屋頂，成為連接兩棟建築的獨木橋。同學們分散在兩側頂樓，喧嚷。

少年A臉色慘白地擠出一絲笑容，希望得到一點同情，卻換來一陣噓聲。

「不要拖拖拉拉，趕快上去！」某同學一面跺腳一面叫囂。

少年A深呼吸，閉上眼睛，踏上懸空的獨木橋。

大家都知道，他的笑容不是真的。所以，大家都討厭他。

少年A睜開眼，一見腳下懸空，嚇得搖晃起來。獨木橋比想像脆弱，一晃動便發出嘎吱聲。同學們樂不可支，鼓掌叫好。

少年A深吸一口氣，硬著頭皮踏出第一步。再一步、再一步。獨木橋比想像中堅固，一路支撐他到校舍彼端。

終於，少年A抵達獨木橋另一端，下橋。抵達之處，少年B正等著他。少年B站在同學前方，爽朗地對少年A微笑。

「太好了，你辦到了。」少年B的聲音帶著暖意，「從此以後，就不會有人再欺負你了。」

「真的嗎？真的嗎？」少年A難以置信，感動得幾乎落淚。

上課鐘聲響起，同學們一哄而散。

班導師進入教室時，負責喊口令的，是少年B。

「起立、立正、敬禮！」少年B聲音洪亮。

「老——師——好——」養雞場的咕咕聲。

「同學們好！」班導師美麗端莊，是一名非常優秀的餵食員。

「坐下！」少年B意氣風發。

少年A一坐下，屁股便傳來奇怪的觸感，他挪開一看，椅子上有條被壓扁的泥鰍。少年A脹紅了臉，同學們爆出一陣大笑。

「怎麼了？」老師問道。

老師湊近一看，看見椅子上的泥鰍，不禁露出嫌惡的表情。

少年A看著老師的表情，羞得說不出話。

少年B在自己的位子上微笑。

沒有人知道，我的笑容也不是真的。但我懂得掩飾。

數學課，沒人認真聽講。一張紙條傳到少年B桌上，他打開看，和同學偷偷嘻笑，再折起來傳給下一個同學。

紙條在課桌之間傳來傳去，除了少年A之外，每個同學都看了那紙條一眼，看完竊笑不已，再傳給下一個。

我敲打鍵盤，螢幕逐字出現第一章的結語。星野垣從我背後探頭，伸出右手，在每個句號處，都按下 enter 鍵。我筆下原本是完整的段落，卻被他變成六行並排的句子。呼吸，練習呼吸：

那年，我們十二歲。
十二歲那年，我已經了解：笑，是一襲西裝。
掛上去再拿下來，回家熨平了，隔天再掛回去。
西裝漂亮的話，你在這世上就會漂亮。
那是世界的通關密語，真心與否並不重要。
我假笑，你廢話連篇，我們一起過日子。

◈ ◈ ◈

在星野垣官網看見這段重新排版的文字時，我才發現，那六個 enter 鍵，竟然如此恰如其分。
我以為那是過度輕盈的寫法，但那整整齊齊服服貼貼的六行字，像衣著得體的模範生站成一排，以適度有禮的微笑，輕蔑地看著我。
原來，我真的不屬於這時代。
安蓓端著剛沖好的茶，從廚房走來：「《犯罪者的告白》第一章？杜清鋒，你竟然會付費閱讀星野垣的線上連載？」
我沒有付費，是星野垣給我免費試閱碼。這當然不能告訴安蓓。
其實，看見文章上線時，我有點訝異。
所以他真的是星野垣。
在這之前，我多少覺得這是一場騙局，但我反正無財無色，要是對方拿出本票叫我簽名的話，到時候再逃跑就好了。我是這樣想的。就這樣半信半疑寫了兩天之後，星野垣官網真的出現了《犯罪者的告白》的預告：

謎樣鬼才小說家星野垣
最具毀滅性的震撼告白

那的確是我寫出的文字。
我吃著安蓓準備的早餐，指著螢幕問她：「妳讀讀看，這次的新作，有沒有和星野垣以前的作品不一樣？」

她迅速瀏覽《犯罪者的告白》第一章：「……不一樣。」
「哪裡不一樣？」
「嗯……沒有平常那麼好笑。」
「但是比較有深度吧？」
「有嗎？」
「算了，妳不懂。」
「這次有什麼不同嗎？」
「當然不同，因為是我寫的。」
安蓓忍俊不住，笑出聲來。我拿起書桌上的黑武士橡膠公仔，哼了一段黑武士主題樂：「其實！我就是星、野、垣。」
安蓓看著我，一臉同情地搖了搖頭。
「是真的唷，妳去看明天的連載，《犯罪者的告白》第二章，開頭會是一個少年在路旁踩死一隻小動物，被另一個少年發現，可是我們不會知道踩死那隻動物的人，是少年A還是少年B。」
我似乎有點得意忘形，「我終於瞭解，只要多按幾次 enter 鍵，就可以當星野垣。」
和安蓓開玩笑時，我竟感受到一股前所未有的充實感，彷彿充滿力量，彷彿無所不能。
那是星野垣的力量嗎？
安蓓眼中，閃著深邃的光。迷茫宇宙，讓人失神。

「清鋒，我做了一個好奇怪的夢。」她說，「今天早上，我夢見你把我殺掉了。」

◈　◈　◈

「這是什麼意思？」第九名警察問。

「我不知道。」

◈　◈　◈

我從來不知道，安蓓對我究竟是什麼意思。

她瞅著我笑，雙眼深深探進我靈魂深處；她偶爾輕湊過來，手臂肌膚和我貼在一起，我的胸口就莫名疼痛起來。

這樣算是曖昧嗎？

每次當我試圖再靠近一點，她就倏地拉遠距離。

她和室友處不好，越來越常來我家過夜。像這樣的日子，她總會買菜過來煮晚餐。我想讓她嚐嚐我的拿手料理，但她堅持是她要負責做菜，謝謝我收留她。我想，她大概不相信我說自己廚藝還不錯吧。一起吃完晚飯之後，她就低頭滑手機，我則默默看書。雖說是看書，其實一行都讀不進去，滿腦子只有我和她共處一室這件事。

我總讓她睡房間，我睡客廳。就寢時，總會聽見她鎖上房門的聲音。見面次數越頻繁，她的話就越少。她說她喜歡我們之間的靜謐時光，她說，只有和我在一起的時候，她才可以靜下來，不需要再扮演任何角色。

她只給我好人卡。我知道她不想交男朋友。她說，現在應該要專心拼事業，我懂。

安蓓，妳的夢，也是我的夢。

但我的悸動，卻越來越難平息。睡沙發的夜裡，我輾轉難眠，有時夜半醒來，卻看見她坐在我對面，正在滑手機。有次醒來時，甚至發現她蹲在沙發旁邊，盯著我瞧，靜靜地，像一隻貓。

沒錯，她是一隻自由來去的貓。

安蓓。

她照亮我的絕望。她是我闇夜航程的燈塔。

你們一定會說，她只是個普通的漂亮女生。但你若有幸凝視她的雙眼，便會被其間不可言說的某種靈動蠱惑、吞噬。那深邃的眼神，那像貓一樣難以捉摸的個性，再怎麼高畫質的相機都無法捕捉。安蓓。我不喜歡她的工作照，不喜歡看她在工作場合濃妝豔抹的假笑，雖然我也常常試圖用這些照片說服自己、告訴自己，我只是被幻想蠱惑，我其實是不可能喜歡上她的。儘管如此，每次見到安蓓，再度和那懾人魂魄的雙眸交鋒時，我就再次期盼那永無明日的曙光。

所以我想寫她。因為只有我看見她真正的樣子。而你們，你們只想知道她如今在社會版上的腥羶八卦。沒人想看見真正的她，就像你們都不喜歡原創，只喜歡引用，最好是有點引用又不太引用的似曾相識，所以你們喜歡星野垣，因為星野垣說過的話，都是你們似曾相識的話，彷彿心有靈犀，而你們沒有時間求證，因為新訊息不斷湧入。你們不在乎似曾相識，你們只需要源源不絕的訊息填補空間，填補不停向下延展的手機螢幕。你們需要星野垣。

但我真的不是星野垣。

◈　◈　◈

「不會吧，你真的說中了耶！星野垣新作的第二章，跟你說的一模一樣！」安蓓吃驚的神情，像突然發現逗貓棒的暹邏貓。

我拿起桌上公仔，做出「看吧？」的動作。公仔點點頭。

「你怎麼知道的？你認識星野垣團隊的人？」

「我『就是』星野垣，我是妳最崇拜的星野垣。」

「杜清鋒，你不要自暴自棄好不好？」安蓓生氣了，「說啦，你怎麼知道的？」

「就……批踢踢上面有人講的啦。」我信口胡謅。

「你會上批踢踢？」

「當然，」才怪。「鄉民還說，星野垣之所以不露面，是因為他臉上有一條這——麼長的刀疤，會嚇到小朋友。」

「亂講！」安蓓拿抱枕砸我。

原來，一直以來，我都搞錯了。原來，這樣才是生活的本來面貌。生活的頻率不過如此，句子寫短一點，每兩行就換段，出現空隙的時候，就用對話填滿空間。對話有沒有意義並不重要，只要讓敘事繼續、讓時間流動過去，所有人就都能安心。其實只要這樣，就能好好過活。意義與否，無關緊要。

只要能夠繼續寫，寫什麼都無關緊要。

過去，是我想太多了。

懂得掌握節奏，就能得到幸福，和所有正常人一樣的幸福。那明明是我毫不在意的東西。但連阿國都說我變幽默了。原來所謂的營造對話，就像落葉漂浮水面，重點是不要讓它沉下去。一切一切，都只是節奏的問題。

無意義的談話、無意義的消遣，一切一切，只是節奏的練習。

「我只是跟她開個玩笑，她居然拿東西砸我，很痛欸！」我坐在吧檯抱怨。

「哦？她用什麼東西砸你？」阿國正在調製奇異果冰茶。

「抱枕。」我說。

空拍。

空拍的節奏很重要。空拍本身，就能搞笑。

「……兄弟，你很過分，閃到我快瞎了，你只是在炫耀吧？」阿國帥氣地拋轉調杯，卻一個失手，差點沒接住，「欸，你跟安蓓打得火熱，什麼時候帶她來坐坐？」

「我跟她根本沒什麼！但她還是叫我低調，要我別提她的事。」

「什麼啊！因為她是藝人嗎？有什麼好怕的，她又不紅。」

我瞪了阿國一眼。

「不紅就不紅嘛，」他將冰茶倒進高腳杯，準備端去給坐在網美區的兩名客人，「你不是很瀟灑、很淡泊名利嗎？」

「才沒有。」

「所以你現在開始在意了嗎？」阿國說，「名利這種東西，應該和你的人生規劃無關吧？」

人生規劃。我最痛恨的關鍵字。

那是大學畢業典禮當天的事。我痛恨那種場合，大家彬彬有禮一同合照，私底下卻拼命比較，誰考上哪間研究所、誰要出國、誰進了哪間公司。畢業典禮是社會的預演，一眼就能看出誰會事業有成、誰永遠別想翻身。鬧哄哄的校園中，同學們身穿畢業服忙著拍合照時，麗華轉頭看我，臉上露出非常悲傷，卻又很有禮貌的微笑。大人的微笑。

然後她說出那句話。

「對不起，我有我自己的人生規劃。」

在客廳沙發上驚醒，久久看著自己的手。所有小說寫作教學書都說，讓筆下人物看著自己的雙手，是最老套的寫作招式，問題是剛才在夢中，我似乎掐死了什麼人。

夢影漸漸褪去，我環顧四周，寧願一切只是一場夢境。

我忘記自己是從什麼時候開始夢見星野垣的，也許我在見到他之前就已經夢過他，也許我前世的前世就已經夢過他。也許他是我的前世，也許我是他的前世。也許我只是嫉妒。也許，當嫉恨之情延燒到心底最深處，所有的前世就變成了今生今世。

◈　◈　◈

滿布濃霾的天漸漸暗下，又一個平凡日子接近尾聲。

雨停了，田野瀰漫清爽氣息。少年B背著書包，走在回家路上，少年A從後方趕上，和他並肩走著。

沉默。老農夫騎著鐵馬和他們擦肩而過時，少年B刻意加快腳步，不想讓人看見他和少年A一起行動。

一群飛蚊如烏雲湧了上來，兩名少年揮舞書包，徒勞無功地試圖驅趕，像兩頭無奈的牛。

「幹嘛？」少年B口氣不耐。

「……你記得我跟你說的祕密嗎？」少年A抬起小腿，拼命搔抓。

少年B停下腳步。

小鎮另一端，是寧靜的住宅區。小巧的平房，竹籬笆環繞的前庭，班導師穿著家居服，抱著一籃溼答答的衣服，一一晾起。襯衫、長裙、內衣褲，一字排開。滴答、滴答、滴答。

「你怎麼找到這地方的？」躲在樹後的少年B，聲音乾乾的。

「我跟蹤老師回家。」少年A吞了一下口水。

「變態。」

少年A臉色慘白。

「安啦，我不會跟別人講。」少年B笑出聲來。

「真的嗎？」

「真的。只要你去偷一件內褲，我就不講。」

少年B的眼神，充滿惡意。

◈ ◈ ◈

星野垣眼中，閃出惡毒的光。

「然後呢？」我問。

「然後呢，你覺得呢？這是我要『你』寫的故事。」

我思考片刻，接著動手打字。星野垣的寫法，每逢句號就換段。

（教室中，少年A不安的表情。）

（教室中，同學們對少年A投以異樣眼光。）

（教室中，少年B和同學竊竊私語。）

（教室中，少年A獨自吃著便當。）

星野垣瀏覽我書寫的場景，嘆了口氣：「你的靈感就只有這樣？」

「我又不像你，連廁所衛生紙的印花都能回收再利用。」

他放聲大笑：「我哪比得過衛生紙！你說，衛生紙的印花圖案，究竟是什麼圖案？動物？小花？卡通人物？」

「這種事我哪……」

「觀察力是作家的基本功，你連這點小事都不知道？」他瞇起雙眼，「不管哪種圖樣，衛生紙印花的讀者數量，絕對完勝所有暢銷書。」

他咧嘴一笑，長長的傷疤彎成一道隱晦的暗月。

「你……是從什麼時候開始有那條疤的？」

「大概十二歲的時候吧。」

「那……和我們正在寫的故事有關嗎？」

「或許吧。友情，總是難以預料。」

「那才不是友情。」

我看著星野垣背後那牆相片，場合各式各樣，他總孤獨一人。

「你沒有朋友對不對？」我問。

「友情，只是一種社會儀式。所謂的友情，只是人們為了方便集體生活，而發明出來的一種毫無用處的東西。」

「你沒有朋友。」

「你知道嗎？為了突破瓶頸，我們要打破儀式，安排一場意外，讓一切失控。對了，我們可以讓主角的好友死掉。譬如說，來場大火，把一切都燒掉。」

「這有什麼意義？而且，主角根本沒有朋友。」

「那就加一個朋友啊，為了死掉而存在的角色。」

「我不喜歡這樣。這對角色不公平。」

「誰管你喜不喜歡？劇情都是這樣安排的。沒人要的角色到處都是，為了死掉而被生出來的角色也到處都是。所謂的世界，就是這樣運轉，杜清鋒，你趕快長大吧。」

他裝模作樣點起一支菸，緩慢地抽。

「我會加一個角色，但不是為了死掉而存在的角色。」我說。

◈　◈　◈

下課鐘聲，敲出放學的節奏。所有人瞬間陷入解放的狂熱之中。他們動作一致，鬧哄哄地整理書包。倉促忙亂的雞群。

少年B看著同學，一臉厭煩。太平盛世的少年少女，是一種十分無趣的動物。既膚淺又脆弱，而且完全沒有思考的習慣。

太無趣了。

但少年B還記得微笑，一面說著「明天見」，一面背起書包，用開朗的笑容離開教室。

經過保健室時，他瞥見門內的網球拍。

網球拍的主人，是同年級的女生。此刻，那女生百無聊賴，手肘撐在椅背上，雙腳敲著不耐的節奏。護士阿姨一臉無奈。

「以那傢伙的腦容量，根本沒什麼好損失的。」少女說，「真要毆打的話，我就拿棒球棍了。」

我拆開一包菸，沒抽兩口就嗆到了。
眼前是星野垣的官方連載網頁，那內容讓我非常不滿。
安蓓將午餐端了過來，青椒炒牛肉和蒜蓉空心菜：「怎麼了，表情這麼難看？」
「少女被刪掉了。我寫了五千字，被刪得一字不剩。」
「少女？原來，連你都喜歡幼齒的？」
「我才沒有！」
她嫣然一笑，輕輕湊過來，在我耳邊低語：「欸，你為什麼要殺了我？」
「妳亂說什麼？妳怎麼會做那種夢？」
她沒回答。突然之間，她的眼神變得非常柔軟、非常悲傷。

◈　◈　◈

安蓓，妳究竟想告訴我什麼？妳如果想死，為什麼要借用我的手？
我有那麼多問題想問她，卻只能沉默，深知任何問題都能輕易將她壓得粉碎。

她的話越來越少。我開始瘋狂夢見她。夢中是她的雙眼，似近忽遠，藏著我看不透的訊息。安蓓，我在妳心中，代表什麼？

夜半醒來，安蓓就坐在客廳，在我對面。她說她睡不著，所以來客廳滑手機。她不介意看見我的睡相嗎？我沉睡時，她是用什麼表情看我？

春夢。夢中是她的身體、她喘氣的模樣。我醒來，她在對面默默滑手機。她看清了我倉皇的無措嗎？她看透了我的夢嗎？她會因此討厭我嗎？

惡夢。蒼白的鬼影，鬼魅的呢喃。我驚惶戒備，慌張醒來，不知何去何從。再度想著安蓓，想我這輩子一切一切都搞砸了，想著她，想她是否也有一點喜歡我，而日子就這樣流逝，所有可能的機會都默默錯過。愕然，惶然，惘然。

所有暫時迷濛的若即若離，都變成恆久尋常。我和她，真的曖昧過嗎？百分之一的醞釀氛圍、千分之一的靠近機會，最後終究成為純屬虛構的曖昧。我始終沒能更接近她。

5.

放浪咖啡館的火災，發生於週二深夜。沒有目擊者。

週三下午，我抵達放浪時，只見阿國杵在門口。建築物外牆幾乎看不出火災的痕跡，但咖啡館內部焦黑一片，全毀了。放浪的裝潢全是手工木造，使用的是廉價木材，大概一下子就燒得精光。

「至少沒波及鄰居。」我試著說點什麼，明知沒有話語能安慰阿國。

「又不是古蹟，」阿國說，「搞什麼深夜無名火？」

「……」

「這間店開這麼久，到現在還是沒辦法賺錢。我爸叫我自己想辦法，他不想管了。」阿國來回回扳著手指，喀嗒、喀嗒、喀嗒，彷彿拉扯一副卡死了的九連環，「我只是個靠爸族。」

這是實話，但阿國很少露出這樣自暴自棄的樣子。

「靠爸族又怎樣？連我都『靠』你爸出了一本書。」我說，「有爸爸可以靠，很幸福啊。」

阿國擠出一張淒慘的笑臉，和我一起走進咖啡館。艾莎正在四處翻找器具，把還能用的茶杯、餐具、裝飾品等等放在桌上；曼曼拿著掃把，試著將地面清出一塊乾淨空間；薩克手上拿著器材，正在錄影。

「你在錄什麼？」阿國問。

「作品啊。」薩克頭也不抬。

「什麼作品？我的店燒掉，你好像一副很爽的樣子？」

「我不是『爽』，」薩克鄭重澄清，「我是『肅然起敬』。廢墟就像宗教，有一股震撼人心的力量，向我們揭示事物最原始的本質。」

「別說什麼『廢墟』……」曼曼小聲咕噥。

薩克暫停錄影，一臉認真向我們解釋：「你們不懂毀滅性的美感，這種爆炸性的震撼，就像《現代啟示錄》用華格納的音樂搭配空襲畫面一樣經典。阿國，其實這場火災不一定是壞事，你換個角度思考，或許放浪就是要浴火重生，才能變成更有特色的咖啡館。」

「你在說什麼屁話，」阿國揉著太陽穴，「你到底在拍什麼？」

「就意識感知的層面來說，我在拍我自己的毀滅意象。」薩克說，「你看，我的夾層整個垮下來，澈底燒毀，這不正是我的死亡象徵嗎？」

「什麼『你的夾層』？」阿國提高音量，「這是『我』的咖啡館，我什麼時候說過那是『你』的夾層？」

「反正除了我，也沒人會去坐那個位子。」

「還不是你一臉兇相，所以沒人敢去你旁邊坐！」

「明明就是因為設計不良。」薩克說。

阿國抓狂了。他大概十年才抓狂一次。

「你給我閉嘴！」阿國大吼，「我為什麼會讓你這種人變成店裡的常客?!你以為你是誰啊？去你的！我竟然還讓你在店裡辦攝影展，他媽的，你那些噁心的照片我一看就想吐！我竟然還把它們掛在牆上讓客人倒胃口！」

「我跟你解釋過，驚世駭俗的影像，是為了教育觀眾，當時你也同意。」薩克說。

「那是因為你是我朋友，所以我姑且假裝同意！你以為你那顆腦袋裡有什麼東西、可以教育什麼觀眾？你展出那一大堆爛東西，是要我的客人回家之後就去自殺嗎？」

「我說的想死，不是用來實際執行的。」薩克說，「我展出的死亡意念，只是一種意淫。其實『想死』是一種緊急出口，用來逃離苦悶的現實。」

「不對吧，緊急出口明明是為了逃命，是為了活下去啊。」艾莎說。

「妳什麼都不懂。」薩克說。

「你說什麼？」艾莎生氣了。

「你又懂什麼？死亡？你死過嗎？」阿國說，「死過的話你怎麼還能站在這裡？你只是一個自溺的魯蛇藝術家而已。」

「OK，我是自溺魯蛇藝術家，那你呢？你只會『姑且假裝同意』，哼，你這個偽善的暴發戶小孩，裝潢店面一點品味都沒有，只會伸手向爸爸拿錢，都幾歲了，你不覺得丟臉嗎？」

「你……」阿國滿臉通紅。
「薩克，你自己又是向誰拿錢？」我忍不住插話，「人家阿國至少有繳稅給國家，你呢？你拿的都是國家的錢。」
阿國振作起來：「就是說啊！你這個專拿國家補助的騙子，你只是拿納稅人的錢打手槍而已！」
「但人家還是願意拿錢給我打手槍啊！」薩克似乎很自豪，「杜清鋒，你不要假裝自己從來沒申請過補助！你只是嫉妒而已！你知道為什麼你從來都申請不到補助嗎？因為你寫的東西只是千篇一律的喃喃自語，既沒有新意、也沒有觀點。你說得很好聽，說你把人生奉獻給文學，我告訴你，你那本《無涉》我還真的讀完了，哈！你確定那是文學嗎？」
「薩克，你冷靜一點。」曼曼低聲說。
「妳憑什麼叫我冷靜？妳為了賣作品，甘願出賣靈魂，附庸資本主義——」
「夠了，你們不要再吵了！」艾莎大嚷，「錢不是重點吧？我們都是為了夢想奮鬥的人，寧願兩袖清風，也不願——」
「錢當然是重點。」薩克說，「妳沒吃過苦，所以妳不會懂。」
「什麼叫我沒吃過苦？你們覺得我吃的苦不算苦嗎？」
「妳是富二代，哪會懂什麼苦。」
「富二代？一直以來……我在你們眼中，就是個富二代？」

艾莎的問句陷入一片沉默，在燒焦的空氣中徬徨擺盪。沒人回答她的問題。從來沒有人願意承認，但我們都羨慕艾莎。

「艾莎，錢對妳來說不是重點，這一點，才是重點。」曼曼說，「我們每天每日的痛苦，是我們應該想著藝術，結果卻一直想著錢。但我們之所以想著錢，是因為我們沒有錢，而不是因為我們愛錢。這種心情，妳永遠不能體會。」

「我……」

薩克再補一刀：「只有不需要擔心餓死的人，才可以說自己不在乎錢。身為富二代不是妳的錯，但妳如果想創作一些有深度的東西，就該多理解一點民生疾苦。」

艾莎雙拳緊握，淚水在眼眶裡打轉。

美好的艾莎。

我們就這樣擊潰了她。

◈　◈　◈

「放浪咖啡館的火災，是你幹的嗎？」我衝進屋內大吼。

星野垣靜靜關門，從背後拿出一把槍。

槍？

「今天是個特別的日子，」他將手槍上膛，「坐下來，我們今天要寫完《犯罪者的告白》。」

我高舉雙手，依照他的指示，在電腦前坐下。

頭皮發麻。

「有件事你搞錯了，」他說，「我不是少年B，我是少年A。」

「火是你放的嗎？」

「我不是班長。我是那個戴眼鏡的。」

「火是你放的嗎？」

「我要你重寫。」

「重寫什麼？」

星野垣將槍口逼近我的太陽穴：「重寫什麼？除了我叫你寫的故事之外，你還會寫什麼？」

我試圖擺出鎮定的模樣，卻無法壓抑驚恐的喘息。

開始打字。

◈ ◈ ◈

上課鐘響起，老師還沒來。教室內吵吵嚷嚷，較平常更加浮躁。

「你聽說了嗎？老師家遭小偷了。」

「對啊！而且還是內衣賊！」
「內衣賊？好噁心噢！」
耳語在教室四下流竄。
喧嘩中，班導師進入教室，同學頓時安靜下來。
少年B正要喊「起——」，卻被老師制止。
「班長，你跟我出來一下。」老師的臉色很難看。

少年B困惑地跟隨老師離開教室，同學們交頭接耳。
教室不遠處的走廊上，訓導主任板著臉，手上拿著一支鋼筆。
「我的筆！」少年B驚叫。
老師微微頷首。
「沒錯，你的筆。你記得嗎？這是你連續兩年月考第一名，我送你的獎品。我特地從臺北帶回來的，沒想到……」老師漸漸哽咽，「老師一直覺得，你是個很優秀的學生……」
訓導主任不禁搖頭。
少年B急忙解釋：「老師對不起，我不知把它忘在哪裡……」
訓導主任冷冷打斷：「忘在你們老師家的曬衣繩下面。」
「什麼？」

「少裝傻了！」訓導主任厲聲喝斥。

「等一下……我、我沒有去過老師家！不是我！」

訓導主任揮了一下教鞭：「還敢狡辯！書包拿過來！」

老師不禁心軟：「主任，等一下……」

訓導主任不顧老師央求，直接進入教室。

眾目睽睽之下，訓導主任翻動少年B的書包，當場拉出一件女性內衣。

同學們一片嘩然，紛紛以鄙視的眼光看著少年B。

少年B看著那件從自己書包中冒出來的內衣，啞口無言。

◈ ◈ ◈

「那真的是少年B做的嗎？還是少年A陷害他？」我不禁問道。

「哼，你想知道真相嗎？我告訴你，所謂追求真相的人，不過是一些偏執狂而已。真相一點價值都沒有，沒有人會在乎真相。」

「我就在乎啊。」

「我不。」

「你不是作家嗎？作家不是應該寫出真相嗎？」

「輸家才會在乎真相。」他再度揚起手中的槍，「繼續寫。」

◈　◈　◈

南陵國小，下課時間，操場。

同學們在操場上玩躲避球，所有人圍成一圈，內場只有少年B一個人。只有他是被攻擊的對象。

少年A和同學們站在一起，向少年B扔球。

少年B秉持運動精神，接下大多數朝他而來的球。他身手矯健。偶爾，他被球打到，便試著露出陽光的笑容，但同學們不為所動。

少年A站在同學這邊，看著拼命保持笑容的少年B。

大家都知道，他的笑容不是真的。所以大家都討厭他。

上課鐘聲響起，少年B進入教室，發現他的座位被弄得一塌糊塗，他看看四周，所有同學都若無其事。

老師進入教室，新班長喊口令：「起立、立正、敬禮！」

少年B在椅子上坐下，試著保持臉上的笑容，但眼角左側兩顆黑痣如淚珠閃爍。少年A看著他。

我看著他，他臉上帶著笑，那種愚蠢的笑，他真的蠢斃了。現在，全班只有我還會跟他說話。

◈ ◈ ◈

少年B站在校舍屋頂，眼前是高懸空中的獨木橋。

所有同學都在下方鼓譟。

他深吸一口氣，跨出一步。

◈ ◈ ◈

小鎮角落，不起眼的小屋。少年A開門回到家裡，少年B怯生生跟在後面。

「你爸媽不在家？」少年B問。

「對啊。」少年A說。

少年A轉開電視，按了幾下遙控器，轉到A片頻道。

兩名少年盯著電視螢幕。

現在，我是他唯一的朋友。我終於了解，身為一個人唯一的朋友，你的權力可以有多大，那是會上癮的……

少年A在家中的雜物堆裡翻翻找找：「我跟你講，我爸媽的道具超多的，比電視演的還齊全……看！找到了。」

他挖出一副手銬。

「酷欸。」少年B似乎生平第一次見到實品。

「就跟你說吧。」

「這是真的手銬？真的可以把人扣住？」

「可以啊，就像這樣……」少年A邊說邊示範，將少年B的雙手銬在鐵窗上面。

「真的欸。」少年B轉頭看著雙手，覺得不可思議。

「對啊。」少年A欣賞了片刻眼前的畫面，然後轉身繼續翻動雜物堆。

電視螢幕中的兩具肉體，像海底生物纏在一起。

「欸，你可以把我放下來了。」少年B說。

「等一下，我找一下鑰匙在哪。」

「啊？」

「應該在這裡吧，」少年A拉開一個抽屜，隨手翻找，「啊，沒有。」

「你趕快找，要是你爸媽回來，看到我們這個樣子……」

「我爸媽去臺北，後天才會回來。」

「噢。」少年B鬆了口氣。

然而，他漸漸覺得苗頭不對。

電視聲音忽大忽小，散發陰森森的恐怖感。

少年A從雜物堆中撈出一臺錄影機，對著少年B按下錄影鍵。

「你在幹嘛？」少年B問。

少年A不回答，只是冷笑，拿錄影機逼近少年B。

少年B掙扎了幾下：「不要拍我啦，你很變態欸。」

「你去過遊樂園嗎？已經荒廢、沒有人會去的那種遊樂園。」少年A幽幽地說，似乎沉浸在自己的回憶裡。

「什麼？」

「死掉的遊樂園。」少年A講得很慢，彷彿正在確認什麼，「我去過一次，偷偷溜進去的。在那裡，時間和這邊的時間不一樣……那地方酷斃了。」

「你現在跟我說這個幹嘛？把我放下來，不要拍了！」少年B的手銬敲擊鐵窗。

「如果我還記得路的話，我現在一定會帶你去，那個死掉的遊樂園……」少年A的眼神漸漸聚焦，目光熱切而詭譎，「但是，我已經忘記它在哪裡了。所以，你只有這裡可以選。真可惜。」

「……你想做什麼？」

錄影指示燈繼續閃動，少年B漸漸害怕起來。

◈ ◈ ◈

我不禁停止打字：「一定要這麼聳動嗎？」

「不聳動，哪賣得出去。」

「而且，廢棄的遊樂園，好多人都寫過。」我說，「很多小說、電影、動漫、電玩，都用過了。」

「但是『我』還沒用過。」他揚起下巴。

「所以呢？這已經是老哏了。」

「老哏才好，你以為讀者想要新東西嗎？新東西是需要思考的，你還要花時間去揣測這地方長什麼樣子，那多麻煩。你就丟給他們一個似曾相識的場景，就好像電影有現成布景一樣，讀者不用多花時間就可以身歷其境，那多方便。」

「文學不正是因為需要想像力的積極參與，所以可以激盪大腦、激發無限的潛能嗎？我不覺得讀者需要這麼多老套。」

「你太不了解讀者了。誰都討厭耗費腦力卻一無所獲的感覺。何必呢？你就是喜歡寫一些咬文嚼字的東西，搞得讀者精疲力盡卻還是看不懂，最後只覺得自己很笨，為什麼要這樣侮辱讀者呢？為什麼不能對讀者好一點呢？」

「你的讀者又不是我的讀者。」

「哼，講得像你真的有讀者一樣。」

「我會有的。」

「杜清鋒，你真的以為你會成功嗎？我告訴你，你不會。你這輩子就是他媽的一條魯蛇，麗華真聰明，在該分手時和你分手。」

「你不要把麗華扯進來！」

「你當時是不是打好如意算盤，打算讓麗華養你？你看準她讀商學院，將來很會賺錢，就指望讓她來支持你的夢想？」

「你給我閉嘴！」

我撲向星野垣，兩人摔在地上，他手中的槍滑了出去。

我一個箭步，搶到了那把槍。

好輕。

塑膠做的。

「哈哈，很逼真吧？」他站起身來，「你有沒有想過一件事？只有像我這樣的作家，才能讓現在的年輕人願意閱讀純文字，否則他們只能拼命追劇來填補生活的空虛。只有我的文字，才能進入他們的內心。我和讀者的心靈交流，比你強過一百萬倍。你不是一直相信文學是最深刻的心靈交流嗎？百萬光年的星光，照亮你徬徨的黑夜？」

「你、你怎麼會知道這種事？」

「你的一切，我都知道。你還沒發現原因嗎？」

這是什麼意思？

「放浪咖啡館的火，是你放的嗎？」我不禁提高音量。

「放浪咖啡館？哈。你一點都不了解你的朋友。你們剛才在咖啡館大吵一架是吧？」

「你跟蹤我？」

「你該不會真的以為，你們吵的是藝術和錢？」他放聲大笑，「那你就錯了。你們這群人之間，最基本的問題，是性慾。」

「鬼扯！」

「我是說真的。不是感情問題，是更本能的性慾問題。你們這群人之所以再也無法一起鬼混下去，是因為所有男人都想要艾莎，卻得不到艾莎。如果退而求其次的話，還有曼曼，但就連曼曼，都只有薩克成功達陣。所以你們三個男人彼此較勁，其實只是為了在女人面前出鋒頭。」

「你亂講！我們才不是那麼膚淺的關係！」

「一點都不膚淺，慾望無法滿足，這是和生命本質緊緊相連的深刻問題，甚至可以說，自古以來，許多藝術都是因此誕生。性慾問題是很雋永的。」

「你什麼時候開始觀察我們的？」

「曼曼和艾莎都想得到薩克注意，都希望成為薩克的繆思。雖然她們可能沒意識到這件事，但她們彼此嫉妒。這樣說來，阿國和你都是輸家，一開始就輸了。」

「你閉嘴！」

「追根究柢，性與死才是人們最在意的事情，至於什麼藝術和錢，都只是幌子而已。你連這點都看不出來，還配當什麼作家？」

「……」

「但薩克深知這點，性與死，他的作品就是圍繞這兩件事，你瞧不起他，就像你瞧不起我，但你心知肚明，我之所以有這麼多讀者，是因為我寫出了他們最關心的事。你再怎麼裝模作樣，假裝自己比較有水準，都不能改變這點。」

他捉住我的手臂，一個翻轉，將我壓制在地上。

「友情，什麼友情？你真的相信這種東西？」他用手臂勒住我的脖子，「這世上只有戴著面具的假人。全部都是假人。」

好痛。他力氣好大。我想開口反駁，卻漸漸呼吸困難。

「順便告訴你一條黃金定律，」他說，「消失的角色再度出現時，就是偽裝的妖怪了。我們下次見。」

黑暗。

6.

清醒時，星野垣正在扭轉我的手臂，像生物學家認真研究不明物種，想試探牠的韌帶極限似的，將我的手整個反轉過來。我趴在地上，哀號出聲。

「你想過所謂的才華是怎麼回事嗎？」他的神情，有點自虐的意味，「所謂的才華，其實只是在大家都在做的、一模一樣的、重複的無聊事情上，加上那麼一點點的不一樣，只要一點點不一樣，就夠了。所謂的才華，就只是這樣而已。只是這樣，但你能辦到嗎？」

痛得齜牙咧嘴，沒有力氣回答。

「我告訴你，我辦到了。」他說，「但現在已經完了。你是不會懂的。你能想像那樣的日子嗎？我靈感充沛，隨時都有一堆點子，各種神來之筆像變魔術一樣，要多少有多少，然後突然，啪一聲，這些都不見了。」

星野垣悵然若失地鬆開手，站起身來。

「你不會懂，」他說，「你是那種用一輩子寫同一個故事的人，你只要不斷寫你自己就好了。你不會懂的。」

我觸壓手臂，像從荒廢多年的鐵軌拾起一截斷裂的枕木一樣，試著確認那是否還是我身體的一部分。

「一切都結束了。」他頹然坐進沙發，「到此為止吧。我累了。」

「但是結局呢？《犯罪者的告白》的結局？」

星野垣再度冷笑起來。

「我就是不要讓你知道，我要你到死都想知道故事的結局，為了一個沒有重點的故事輾轉難眠，拼命猜測兩個少年之間到底發生了什麼事，但是，你就是不知道。」

「我可以自己寫。」我說。

他突然大笑起來，像聽見什麼荒謬的笑話。

「你寫不出來。」他一字一字地說，「你沒那個才華。」

我舉起桌上的筆電，往星野垣擲去。他輕易閃躲，電腦撞到後方牆面，摔在地上。

「你能寫出什麼情節？」他撇嘴說道，「你頂多只會讓他們得到盲腸炎死掉，像你詛咒表哥一樣。」

不可能。冷汗從背脊緩緩滴落。

「當年，」他說，「你表哥盲腸炎住院，你偷偷祈禱他就這樣死掉，死了你就能獨占房間，我沒記錯吧？」

不可能，不可能。這件事我從來沒告訴別人……

「我怎麼會知道這件事？哈，你還沒發現嗎？」他的表情變得非常陰冷，散發高緯冰峰的寒氣，「我，是你製造出來的幻覺。」

啊？

他舉起桌上的檯燈，往我頭上敲。

恍惚之中，只見他推倒書櫃，書灑了一地，幾百本《瘋子的懺悔書》。他用打火機點火，再用著火的書去點燃另一本，再一本、再一本……火勢遲遲不肯擴大，他不知從哪裡掏出一個藥罐，仰頭，將內容物倒進嘴裡。

瘋了，我想著，這傢伙完完全全瘋了。

意識漸漸模糊，微弱的火焰往兩邊延伸，然後被灰燼緩緩吞噬。書其實不是那麼好燒的東西，放浪的木頭比較易燃。昏迷前，我這樣想著。

「你還沒發現嗎？」朦朧中，他的聲音這樣說：「其實，你才是星野垣。」

◈　◈　◈

再度清醒時，眼前是白色的天花板，空氣中瀰漫消毒酒精的味道。環目四顧，我竟然躺在病床上，手臂還插著點滴。床邊的椅背上，掛著一個女用手提袋。房門開了，安蓓拿著熱水瓶走進來。

「安蓓……」

「清鋒，你為什麼要吞那麼多安眠藥？」

「不對啊，吞藥的不是我，是星野垣……他現在怎樣了？」

「什麼意思？」

「他……還活著嗎？」

「你不要再演了。大家都知道了。」

「知道了……什麼？」

安蓓賭氣似地拿起遙控器，轉開病房內的電視。兒童卡通臺。她揮了一下遙控器，又按了幾次轉臺鍵。

突然，我的大頭照出現在螢幕上。

午間新聞。新聞主播尖銳的嗓音，配上醫院門口的畫面。

「接下來帶您關心知名作家星野垣的最新消息，星野垣的傷勢目前已經沒有大礙，至於他送醫洗胃的原因則還在調查中。那麼我們都看到了，因為這起事件，從不公開露面的星野垣，終於露出了他的廬山真面目。」主播指著我的大頭照，「是的，星野垣，本名杜清鋒。他平常過著簡單低調的生活，除了『星野垣』的作品之外，他同時也用本名『杜清鋒』寫文學作品。關於星野垣的真實身分，我們訪問了他的一些朋友，他們全都表示：毫不知情。」

新聞畫面中，被記者包圍的阿國說：「什麼，杜清鋒是星野垣？靠，我才不相信咧，不可能！」

螢幕中的記者繼續追問：「請問杜清鋒平常是個怎樣的人？」

「他矬斃了，他不是星野垣啦！你們這些記者眼睛給——」阿國硬生生吞下「屎糊到」，試圖圓場地笑了一下。

這是怎麼回事？

安蓓將電視關掉，怒氣沖沖：「你竟然就是星野垣，你為什麼不跟我講？你是不相信我，還是瞧不起我？」

「不是，我真的不是星野垣……」

「你少來了！你之前就說過了，說《犯罪者的告白》是你寫的，你是怪我太笨沒聽懂，還是你就是瞧不起我？」

「是我寫的，但我不是星野垣。」

「是你寫的，因為你就是星野垣！」

「我真的不是星野垣，星野垣另有其人……」

「那他在哪裡，你說啊！」

這問題讓我一愣：「對啊，星野垣，他在哪裡？」

「我受夠了！」安蓓突然大叫，「你要演戲就演吧，我受夠你的謊言了！」

她拎起手提袋，奪門而出。

幾小時後，護士來幫我拆掉點滴：「你可以出院了。好險發現得早。」
「請問一下，是誰……發現我的？」我問。
「去你家打掃的鐘點清潔人員。」
「我家？清潔人員？」
「對了，你家鑰匙，我幫你收到抽屜裡了。」
打開病床旁的抽屜，裡面是一串異常複雜的、沉甸甸的鑰匙。
但星野垣究竟去哪了？再度搭上公車，回到外雙溪，在大門前徘徊一陣之後，我還是拿出那串沉重的鑰匙，試著將最醒目的那支鑰匙插入鎖孔。
門應聲開啟。
怯生生進屋，漆黑的室內一片凌亂。
「星野垣？你在哪裡？」我試著喊出聲，藉此壯膽。
明明是我已數度造訪的客廳，卻陌生得像異世界，吹著彷彿來自冥府的風。
終於找到開關，將燈點亮。在屋內巡視一圈，幾乎看不出差點發生火災。除了電腦砸毀、一些書和地毯燒焦了一點之外，房子基本上是完好的。
奇怪的是，牆上那些相框。
怎麼可能……

客廳牆上的星野垣照片，那些在各式各樣不同場合拍下的照片，每一張都變成了，我的照片。

我在桌前寫作的照片、我在咖啡館閱讀的照片、草地上我盤腿而坐的照片、沉思的特寫照片……所有照片都從左邊拍攝，那些照片的拍攝地點、排列方式都和先前一模一樣，但照片中的主角，都變成獨自一人的我。

這牆照片超乎我能理解的範圍，我呆站許久，無法動彈。

坐上沙發，看著眼前的茶几，上面竟然擺著麗華的照片和幸運竹。無論是相框的形狀、幸運竹的擺法，還有麗華那張照片，都和我公寓裡的擺設一模一樣。書桌上甚至有個黑武士橡膠公仔，和我家那個同款。

這是怎麼回事？我吞了一口口水，突然覺得好渴。

一走進廚房，便倒抽一口冷氣。

牆上，貼著《鬼店》的電影海報。

茶包排列成機器人的陣勢，簡直就是《星際大戰》。

一踏出星野垣的宅邸，記者隨即蜂擁而上。無盡的問句伴隨刺眼的閃光燈：

「星野垣，請你跟我們說說現在的心情好嗎？」

「星野垣，你為什麼會吞下那麼多安眠藥？」

「你為什麼要隱姓埋名到現在呢？」

「為什麼自殺？寫作壓力嗎？江郎才盡嗎？還是想製造話題？」

「星野垣，你說說話好嗎？」

「我不是星野垣！」

我拔腿就跑。

手足無措之下，只好造訪星野垣的出版社！衝進大樓後，警衛終於將緊追在後的記者們擋在門口。

我竄進電梯，按下標示「文維出版社」的六樓。出了電梯，總機小姐看見我，竟是一臉驚喜：「哎呀，你竟然來了！記者沒對你怎麼樣吧？」

「拜託你們幫忙澄清一下，跟他們說我不是星野垣。」

總機小姐側著頭說：「嗯，你不想承認嗎？」

完了，看這反應，似乎連總機小姐都以為我是星野垣。玩笑開得真大。冷汗自額前流下。我得換個計策。

「呃……我要見星野垣的編輯。」我說。

總機小姐有點困惑：「社長？就去啊。」

「他在哪？」

「這邊走到底右轉。」她指指方向。

我直奔過去，推開標示「總編輯　蔡文維」的門。辦公桌後方坐著一個儀表端正的傢伙，衣著整齊，打著領帶，看來精明能幹、事業有成。

「老大，這次有點誇張喔。」他臉上是莫名的熱情笑容，「現在大家都知道你是星野垣了，怎麼辦？」

怎麼回事？

「往好處想，反正你已經曝光了，以後簽書、座談、演講這些邀約，你都沒有藉口拒絕我了！」

這是怎麼回事？

「欸，老大，《犯罪者的告白》的結局呢？主角不會仰藥自殺吧？」

這個人知道星野垣找我代筆嗎？

「其實，就算仰藥自殺也沒關係啦。不然，你連載就先給這一版，等出書我們再來改？」

「……等一下，你知道我是誰嗎？我是杜清鋒。」

「嗯哼。」

「《犯罪者的告白》是我寫的，但那是星野垣委託我寫的。」

「老大，你知道我對哲學思考這種事情不太在行，你的意思是，你委託你自己對你自己……」

「夠了！你們所有人都在跟我演戲。我不是星野垣。」

星野垣的編輯，蔡文維，以「哦，這次是什麼招數」的逗趣表情看著我。我用盡全力怒視他。

半晌，他終於了解我是認真的。

他將身子倚回椅背上，嘆了口氣：「老大，你又發病了。你壓力真的太大，這樣下去不是辦法。」

「你在說什麼？」

「你是不是很久沒看心理醫生了？」

「什麼心理醫生？」別鬧了！「這是什麼整人遊戲？我真的不是星野垣。」

「老大，你這不是第一次了。突然否定一切，跑回你那個舊公寓躲起來，說你不是星野垣什麼的。老大，我知道星野垣這名字對你來說太沉重了，我們也都同意不讓你在外面拋頭露面，但是你真的不能這樣下去，再繼續的話，你會人格分裂的。」

「你們這些人到底吃錯什麼藥？我不是星野垣，我是杜清鋒。」

蔡文維以真摯的眼神看著我：「你一直都是杜清鋒，這一點是不會變的。老大，你要相信你自己，杜清鋒是很堅強的，他不會被星野垣打敗的。」

他真的一副萬分誠懇的樣子，害我不知如何回應。再這樣瞎扯下去，說不定連我都會開始懷疑自己。天哪，快逃。

「記者在門口堵我。」我說，「後門在哪裡？」

「出去右轉到底。你會認得的。」

我正要離去時，他面露戲謔的笑容：「老大，下一本的主題就寫這個吧？」

「什麼？」

「失憶！」

他咧嘴一笑，對我眨眨眼睛。那一刻，我竟然，真的，有種自己是暢銷作家的錯覺。

繞了好一大圈路，終於避開記者耳目，回到我的頂樓鐵皮屋。

鬆一口氣，倒在沙發上。

麗華的相框依舊在我眼前，好端端放在桌上，和星野垣宅邸的那個一模一樣。

廚房的《鬼店》海報安然無恙，疊成機器人的茶包，也依舊是我熟悉的樣子。它們知道外雙溪出現了自己的複製人嗎？

泡完茶，端著馬克杯在電腦前坐下。不知怎地，我竟心血來潮，按下「搜尋」，點選「所有檔案和資料夾」，關鍵字鍵入「星野垣」。

搜尋進行中，我繼續喝茶，但雙手開始顫抖。螢幕上顯示找到的檔案越來越多，漸漸超過一頁。

搜尋結束，共找到392筆相關資料，第一個是資料夾「星野垣作品」。

這是什麼？

這個資料夾，藏在一個隱藏資料夾裡面。其中包含幾十個子資料夾，以《瘋子的懺悔書》為首，全都是星野垣的小說書名。

我嚥了一口口水，點進「瘋子的懺悔書」資料夾，裡面出現幾十個不同日期的小說完成進度。

那是，唯有作者，才會擁有的檔案。

將茶放回桌上，惶然不知所措。

這是怎麼回事？

我看著桌上的黑武士橡膠公仔，小小的黑色身影，散發不懷好意的陰氣。拉開書桌抽屜，將黑武士丟進去，卻看見抽屜裡有幾個我從沒見過的牛皮紙信封，上面印著「文維出版社」。

一個一個打開來，裡面全是尚未兌現的支票，每一張的「憑票支付」欄都寫著——杜清鋒。

不可能。不可能。

抽屜深處，竟然還塞了一落大大小小的信封，都是讀者請出版社轉交給星野垣的手工卡片。紙膠帶，愛心貼紙，亮晶晶的果凍筆，寫滿她們對星野垣的愛。

天哪。

世界脫離我的認知，一切都變調了。連我常去買白飯的那間簡餐店老闆，都用詭異的諂媚神情來迎接我，嚇得我趕緊走避，去另一間店買晚餐。排隊時，後方一群高中生，卻盯著我交頭接耳。真想買個口罩，但我沒錢。

那些支票。

不，不行。絕對不行。

「老闆，請問一碗白飯多少錢？」

「你只要一碗白飯？算你三十五。」

「三十五？」這是哪門子黑店？

「怎樣，要還是不要？要？好，收您一百……」老闆突然盯著我的臉：「咦？你不是那個什麼……」

「不是，我不是！」

這些人會不會太誇張，看個新聞就能記住我的長相？我拿回零錢、提起白飯，像小偷一樣溜之大吉。

提著晚餐爬上樓梯，經過小沛家門口時，小沛的母親輕輕推開她家鐵門。我直覺想要閃躲，但她母親臉上掛著我從沒看過的，殷勤的笑容。

「杜先生，這麼晚回來啊？一切還好嗎？」

「啊，嗯……」這是她第一次和我正面交談，我突然詞窮。

「你晚餐吃這麼少啊？這樣對身體不好，有空來我們家吃飯吧！」她笑臉盈盈，「我們家小沛平常麻煩你照顧了，以後也請多多關照！」

她點頭致意，關門前竟然還向我揮手。

太可怕了。

回到家中，躺進沙發，終於鬆了口氣。

黑夜茫茫，客廳的窗戶外面，突然出現一張蒼白女子的臉。

見鬼了！

女子察覺我的驚恐，竟露出愧疚的表情。不是鬼。我開門走出鐵皮屋，發現她身穿制服，是個高中生。

「星野垣，你好，我真的很崇拜你……」

「妳差點把我嚇死……」

「對不起。」

「妳怎麼進來的？妳怎麼知道我住這裡？」

「我在便當店看見你，然後……樓下的鐵門沒關好……」

「亂來！妳聽好：我不是星野垣！拜託妳現在從門口走出去，然後不要再回來了，好嗎？」

「可是我需要六張簽名……求求你，不然我沒辦法交差的！他們把大冒險任務派給我，我不能輸……」

「你們瘋了嗎？」

「『瘋狂是最深刻的魅力』，這不是你說的嗎？」

「才不是。」

「你忘了？『瘋狂是最深刻的魅力』——」她以益智猜謎節目主持人的口吻宣告：「這是《瘋子的懺悔書》第三章的第一句。星野垣，你每一本書我都背得滾瓜爛熟。」

「我不是星野垣！」我大嚷，「我現在鄭重告訴妳，請妳回去鄭重地告訴妳的夥伴，我不是星野垣！那些記者都搞錯了，我不是星野垣！我只是一個沒人要讀的默默無名的永遠不會成為作家的普通宅男，我不是星野垣！這樣妳聽懂了嗎？」

「可是……」

我抓住她的肩膀，將她推往樓梯間：「如果妳再回來這裡，我就報警！聽到了嗎？」

我用力擠出最醜陋猙獰的樣子，終於將她趕了出去。

別想這麼多，說不定星野垣明天就會現身，向所有人說明真相。我甩甩頭，打開裝著白飯的塑膠袋，驚見裡面竟然有一張紙條。

上面寫著「星野垣我愛你」。

窗外是無語的夜，全世界的人都變成瘋子，捧著不知誰寫的懺悔書，等著向我告解。

◈　◈　◈

這一切，究竟是怎麼回事？你被手銬勒得發疼，不知道少年A究竟想做什麼，但少年A是什麼人？他又知道些什麼呢？你看著我，要我寫出你的結局。你想知道你能不能逃出這裡，會不會贏回你在班上的人緣。你想要一個好結局，或至少是一個結局，而不是不明不白地結束在這裡。而我的手擱在鍵盤上，我看見你臉上的驚慌。親愛的少年B，你是我的創造物，你是那麼惶恐地仰賴著我，我卻一個字也寫不出來了。

◈　◈　◈

在這一團混亂之中，我突然想起一件事。

我，讀過南陵國小。

南陵國小，是真實存在的學校。不但存在，還藏在我記憶深處。原來我們的大腦，真的會悄悄隱藏一些記憶，而往事就在所料不及之時，突然排山倒海而來。

不過，不記得也很正常。國小四年級那年，父母為了逃債，開始帶著我四處搬家。那幾年，我不知轉學轉了多少次，有時甚至連正式的轉學手續都沒辦，就直接進學校上課。直到上國中後，父母離婚，我跟著媽媽回到她的鄉下老家，才終於穩定下來。那段時期家裡很不愉快，幸好有文學陪伴我。

南陵國小發生過什麼事嗎？我什麼都不記得了。那間學校，我應該也沒待太久。網路搜尋「南陵國小」，衛星地圖瞬間抵達。平凡簡單的小學校。打開「街景」繞了一圈，兩棟三層樓的校舍，距離相當近，似乎真能架上一座獨木橋。

我的記憶中，有這麼一座獨木橋的影子嗎？反覆轉動南陵國小的街景，試著想像頂樓的獨木橋，搜索意識深處是否存在類似《犯罪者的告白》那幕喧囂驚恐的情景，但不知為何，我腦海中浮現的畫面，卻是一把鐮刀。

女人舉起鐮刀，砍向自己的脖子。

血。

我絞盡腦汁寫了三天，終於把《犯罪者的告白》結局寫完，傳給文維後，不到三分鐘就收到回覆。他說，再怎麼後設，都不可能用「我卻一個字也寫不出來了」來為小說收尾。他叫我認真一點。

7.

◈ ◈ ◈

安蓓最後一次來我家過夜那晚，下著傾盆大雨。

那天晚上，我唯一一把堪用的傘被狂風吹翻，正式宣告陣亡，結果在騎樓避雨半小時。明明只要過個馬路就是我家巷口，卻被暴雨困得動彈不得，擠在趕著回家的上班族和出來買晚餐的大學生之間，一邊是抽油煙機呼呼狂轉的小吃店，把所有油膩熱氣往我們這些不識相的礙事路人臉上吹；另一邊是冷氣開太強的文具量販店，自動門開開闔闔讓全身溼透的行人直打哆嗦，店內光線刺目，純白的光，供奉著五彩繽紛的塑膠商品和異國零嘴，世界冠軍小確幸。一回神，只見眼前看板裂開一道縫隙，從中湧出一道瀑布，簡直像深山祕境一樣氣勢磅礴，看得我目瞪口呆，忘記閃避，就這樣淋成一隻落水狗。

爬上樓梯時，每一階都被我踩成一格爛泥。而安蓓坐在頂樓門前的樓梯上，抱著膝蓋。

她沒淋到雨，但雙眼紅腫。

「安蓓……」

她靜靜起身，眼神非常迷茫。

「妳還好嗎？」

她沒回答，深邃美麗的雙眼，盯著遙遠的虛空。

我帶她進屋，她坐上沙發，閉起雙眼，眼睫毛微微顫抖。我走到廚房，從電熱瓶裡面壓出熱水，為她泡壺茶，覺得心跳加快。

今天的安蓓，和平常很不一樣。

端茶回到客廳，發現安蓓雖然原本像平常一樣坐在沙發中央，但現在卻窩在一側，似乎為我留了位置，彷彿邀我在她身邊坐下。我擱下托盤，坐上沙發。

她似乎放下戒備，解除了平時的全副武裝，簡直像是因為某種停電之類的不可抗力因素而暫時卸下心防。為什麼呢？因為變天、因為秋意降臨、因為需要取暖？

她低著頭，我口乾舌燥。

她好近。

就在此刻，窗外傳來小沛的聲音。

「清鋒！」

小沛兀自拉開窗戶，從窗外探頭看進來。安蓓像受到驚嚇的貓，蜷縮在沙發上。

我不想回應，但小沛已經看到我們了。這個客廳一點隱私都沒有，早知道當初手頭有一點錢時，就該把窗框的鎖給修好。

小沛揮舞著一支手機：「你朋友，把手機忘在樓梯上了。」

安蓓瞪大眼睛。

「謝謝……」我將鐵門開啟一條縫，從小沛手中接過手機。我沒見過這支手機。聽說正妹都有兩支手機，原來我不屬於她的私人交友圈。

安蓓像貓一樣竄過來，奪回手機，然後火速鑽進我房間，鎖上房門。

聽見那鎖門聲，我便知道，她整晚都不會再出來了。

「清鋒，你不讓我進屋嗎？」小沛說。

「……今天不太方便。」

「拜託，我不想回家。現在雨這麼大，你不會放我一個人在外面淋雨吧？」

「今天不行。妳回家吧。」

「你現在趕我走的話，我永遠都不會再來找你了。」

「妳回家吧。雨這麼大，別讓妳媽擔心。」

「你最近變了很多，你有發現嗎？我認識的杜清鋒是不會抽菸的。」小沛的雙眼是雪豹散發的光，在無人能及的高聳峰頂，睥睨著我，「你真的是星野垣嗎？」

我在背後握緊雙拳。

我唯一一次可以進入安蓓內心世界的機會，就這樣搞砸了。

◈　◈　◈

猛然驚醒，發現自己又趴在電腦前睡著了。試圖回憶夢境，只記得夢中是星野垣，他的疤痕從臉上剝落，剩下一張毫無特色的，我的臉孔。

做這種夢有什麼用處？比八點檔更沒創意，比B級片還粗製濫造。凡是不能改寫成小說的夢，都是浪費時間。

安蓓拎起購物袋，用燦爛的笑顏瞅著我：「我去買吐司、牛奶跟一些蔬菜，你要什麼水果？」

「都可以。」我猶豫了一下。本想向她坦承我太久沒繳瓦斯費，昨天剛被切掉。講這種話實在太煞風景，還是等她回來再說吧。

安蓓出門後，我面對電腦，螢幕上是《犯罪者的告白》的檔案。

打了幾行字，又按下刪除。困頓，苦惱。再度站起身來，點了一根菸，在室內來回踱步。頂樓鐵皮屋的熱度，漸漸瀰漫公寓。

蔡文維快把我逼瘋了。我的電子郵件收件匣中，三十幾封未讀信件，寄件人都是「文維」，主旨幾乎都是「《犯罪者的告白》，結局呢？」、「寫完了嗎？」、「該交稿囉」、「死線早已截止」……

我很想裝死，但我已經拿了他的錢。抽屜裡那些版稅支票，受款人寫的是我的名字，那是我夢寐以求的物件。我知道兌現那些支票我就輸了，我真的不是星野垣啊！但我還能怎樣？都快活不下去了。最近發生的事，究竟是真是假，都無所謂了。空蕩蕩的口袋，是我唯一的真實。

昨天，拿著支票去郵局櫃檯存入時，行員彬彬有禮，我才驚覺，這是我第一次在這種地方被當做人類對待。

我只能寫。非寫不可。

突然手機響起，又是蔡文維，聲音殷殷切切：「老大，寫完了嗎？」

我不禁大喊：「正在寫，正在寫！讓我安靜寫作很難嗎？」

「老大，你好兇……」

直接掛斷電話，但隨即再度響起。

「老大，你別這樣，交了稿我就不會煩你了。我們快要開天窗了。」

「……今晚，今晚我一定交稿。」

「今晚幾點？」

「十點……不，十二點！晚上十二點！」

「老大，說到做到喔！」

「我知道啦！」

我掛掉電話，再點一根菸。

終於開始打字：我是星野垣，但我不是星野垣。我不是星野垣但我是星野垣。如果我不是星野垣的話那我就是星野垣了。

亂打的字全數刪除，螢幕只剩標題：「犯罪者的告白　最終章」。

滑鼠游標，一閃一閃。

◈　◈　◈

少年B被銬在鐵窗上，動彈不得。

少年A拿著錄影機，對著少年B錄影。

堆滿雜物的客廳裡，兩個男孩維持這樣的姿勢，久久沒有動靜。沉默許久後，少年A放下錄影機。

少年A有些不耐：「然後呢？」

少年B同樣不耐：「我哪知道。然後呢？」

「我要對你做出很恐怖的事，是這樣嗎？」少年A有點困惑。
「是噢？但是你要幹嘛？」少年B同樣不解。
少年A低頭思考一陣，然後轉頭，看著我。
看著電腦螢幕後方的我。
「欸，杜清鋒，我要對他做什麼？」少年A隔著螢幕問我。

我在電腦前喃喃自語：「我不知道。」

「杜清鋒說他不知道。」少年A摸著錄影機說。
「有沒有搞錯啊。」少年B甩著手銬說。
兩名少年看著我，不發一語。
少年A再度開口時，聲音變成星野垣冷冷的聲音。
「看吧，你沒那個才華。」

我拼命按刪除鍵，刪除，刪除，刪除刪除刪除刪除，刪掉所有文字，然後將「犯罪者的告白」整個檔案資料夾丟進資源回收筒。關掉電腦，一把抓起電腦旁的黑武士，砸向牆壁。
我不寫了。

稍微冷靜後，再度開機。

文字檔這種東西，丟了還能撿回來，撿回來也不會弄髒。我真的很沒用，就連摔東西，都是丟橡膠公仔這種摔不壞的小玩具。

無辜的黑武士掉到電視後面，我探頭一看，竟瞥見電視櫃後方，有個從沒見過的小東西。黑色的圓形小鈕扣，中間有個透明小圓圈，閃爍塑膠反光。

這是什麼？伸長手臂，探向電視櫃，摸到那個鈕扣，發現後面竟然還有別的東西。拉出來一看，只見鈕扣後面連接一條帶子，此外竟然還有電線，連著兩個塞在更深處的黑色盒子。仔細端詳兩個盒子，其中一個似乎是電池，另一個則插了一張記憶卡。

紀錄器？

安蓓提著購物袋進門：「怎麼了，臉這麼臭？還是沒有靈感？」

我拿出剛才找到的東西：「這是什麼？」

她臉色一變。

「我、我不知道……」

她雖然這樣說，但表情背叛了她。這是什麼東西，她心知肚明。

「是妳裝的？妳在我家裝針孔攝影機？」

「我……」

她一時無語，我握住她的手臂。

她突然放聲尖叫。

我一鬆手，她立刻掏出一支口紅，拔下蓋子，對準我的臉，按下。

我放聲慘叫。

我的臉燒起來了。

好燙。好痛。我要瞎了。天哪，我要瞎了。我的意識彷彿退到很遠很遠的地方，冷眼看著杜清鋒這傢伙蜷縮在客廳地板，拼命乾嘔、咳嗽，發出像豬玀一樣的嚎叫聲。這個悲慘的傢伙，竟然淪落到被防狼噴霧攻擊。這個猥瑣的傢伙，雖然痛不欲生，但在地上扭動了好一陣子之後，終於領悟自己暫時還不會死，於是頂著一臉黏糊糊的鼻涕眼淚，勉強爬起來，去廚房沖了十幾分鐘的水，浪費不知多少公升的水資源，卻還是無法睜開雙眼。

過了半小時，我依舊淚眼滂沱，甚至分不清是因為刺痛而流淌的淚，還是覺得自己可悲而流的淚。

好痛。

揉揉雙眼，竟再度引發一波劇痛。他媽的，我是白痴嗎？我哀嚎一聲，倒在沙發上，雙眼再度燃燒起來。滾燙的淚水像火山熔岩不停湧出。我要瞎了。

世界在我眼前溶解，只剩刺眼的光。

對了，世界生於光、止於光。強酸將一切悉數摧毀之後，才能誕生新的循環。

於是，我看見了那個世界。

那個世界，只有光。

光線太刺眼，一時睜不開眼睛。終於適應這怪異的強光之後，我發現自己置身於一座長滿雜草的遊樂園。

廢棄的遊樂園。

空氣，是金黃色的。

這個世界，只有光。

金色氤氳瀰漫整片空間，漫溢出來，像太古時期遺忘的殘夢。我行走其間，觸摸生鏽壞朽的遊樂器材，宛若置身某種屬於禁忌回憶的洪流。時光膠囊遍地灑落。經過一架鞦韆，伸手一拉，鐵鍊竟應聲斷裂。手上沾滿鏽痕。這是多久以前的古董？

似曾相識的遊樂園……這，是哪部電影的場景？

遠遠地，少年A和少年B並肩走向這邊。

我趕緊躲起來。

少年A和少年B看來心情相當愉快。少年A以導遊之姿，相當自豪地帶路；少年B睜大眼睛，驚奇地四下張望。

這兩個男孩的性格，並非我筆下的少年A和少年B。

此刻我所看見的，是兩個單純的十二歲男孩，臉上帶著愉悅的笑容，和《犯罪者的告白》書中陰沉的樣子截然不同。他們是卸下面具的演員，一派輕鬆，看來感情很好。

「這就是你說的那個，死掉的遊樂園嗎？」

「對啊。」

「好酷。」

「我就說吧。」

少年們爬上雲霄飛車的軌道頂點，戲弄卡在上面的車廂。輕輕戳，用力推，完全無法移動它。

我掏出筆記本。

少年B索性直接坐上雲霄飛車，扮演起虛擬的駕駛。少年A笑了出來，但機器發出一聲悶響。

「快點下來！」少年A大叫。

來不及了。

雲霄飛車正式啟動，滑了下來。這是它最後一次馳騁，但整列車廂都是破碎腐朽的致命零件，在最後一次華麗演出的同時，支離、解體。車身脫離軌道，在地上砸成一堆廢鐵。

當中傳出殺豬似的哀嚎聲。

少年A衝上前去，但眼前只見堆疊如山的破銅爛鐵，像土石流一片狼藉，根本看不見少年B

在哪裡。

鮮血，從廢鐵下方緩緩滲出，染紅了地面。

少年A驚慌失措，試圖推開眼前的殘破機體，但他力氣不夠，只能眼睜睜看著血泊漸漸擴大。

我從藏身處走出來，將少年A拉開。

「等一下，不要幫他。」我說。

「為什麼？」少年A哭了。我仰望藍天，萬里無雲，像颱風前夕那樣絕對，像少年少女的炯炯雙瞳那樣澄澈、透明，充滿未經世事的自負傲氣。

◈ ◈ ◈

「為什麼呢？」小沛曾經這樣問我：「不管觀眾歲數多大，大家都喜歡看青春電影、讀青春小說。為什麼？」

那時，我笑了。是啊，人們喜歡這些胸懷大志、眼睛閃閃發光的年少主角。清澈的勇氣，純粹的心，未知的一切。無限的可能性。

「因為需要寄託啊。」我這樣回答她：「在虛構的世界中，人們忘了自己已經大學畢業，既不可能以社團名義參加全國高中大賽，也不可能再談一次初戀。但大人還是需要那樣的共鳴。忘記自己內心的空虛和現在的不如意，假裝自己依舊熱血，幻想自己還擁有大好希望與美好未來，能夠和主角一起努力。總之，就是將心情投射在只屬於過去的虛幻未來。」

「聽起來好蠢。你也是這樣嗎？」

「不。我已經快三十歲了，已經沒資格將內心的憧憬，投影在那樣的世界裡。我唯一能做的，只是想辦法活下去而已。」

「想辦法活下去，聽起來很浪漫啊。」

「在青春物語中，或許是非常浪漫的臺詞。但成人世界所謂的活下去，指的是好好賺錢、有穩定的收入、在社會上安身立命。妳懂嗎？」

小沛當然不懂，她只是聳聳肩膀，拿出手機，拍攝藍天白雲。我透過她的手機螢幕，看著湛藍的天。

什麼都無需多言的藍，是我們此刻共享的風景。

頂樓的風景，遼闊的天空，遠處是秀麗的山巒，這是我在臺北最熱愛的風景。某次我站在頂樓，竟看見緩緩上升的天燈，感覺城市的喧囂在腳下顯得好遠好遠。有時我寫作到破曉時分，走出屋外，竟在頂樓看見火燒雲的日出，一點都不像置身塵世。那樣的時刻，我總覺得，美景當前，人生夫復何求？

小沛愛爬水塔，阿國則會直接爬上屋頂，因為他喜歡冒險的感覺。來我家時，他總抓我作伴，一起踩上斜斜的鐵皮屋頂，連雨天溼滑的時候也一樣，還說什麼「熱血青年絕對不會踩空」之類的蠢話。踏上屋頂時，我總覺得毛毛的，但又無法忘懷阿國在那種時刻的表情。那神情總給我一種錯覺，覺得我們依舊青春無敵，而世界的陰影永遠無法覆蓋我們。
後來，我才想到，屋頂之所以賦予我們一種解放的錯覺，是因為它是反社會的場域。一起爬屋頂的人，都是共犯。
那時，我站在小沛身邊，她青春得理直氣壯，而我看著腳下車來車往，覺得自己好老、好老。想辦法活下去。非得想辦法不可。儘管走投無路。儘管不擇手段。

◈ ◈ ◈

「不要幫他。」廢棄的遊樂園中，我這樣說。
「為什麼？」少年A聲嘶力竭。
地上的血泊，沾溼了我們的腳。
「因為我需要結局。」我說。
我匍匐在電腦前，儘管雙眼還殘留針戳似的灼痛感，敲打鍵盤的手指卻動得飛快。像吸毒一樣。酣暢淋漓，風馳電轍。
狩獵的快感。

大地是鮮紅的沼澤，輝映我手上漸漸填滿的空白頁。

「你為什麼殺害他？」我這樣問少年A。

「你說什麼？」少年A臉色發白，「我沒有！我才沒有！」

「我看見了，」我面露大人的微笑，「是你把他推下去的。」

「你亂講！我才沒有！」就在那一瞬間，少年A的輪廓竟突然變淡，像墨漬一樣暈開、擴散

——他就這樣蒸發了。少年A化作怨靈，從陰氣逼人的怪談裡爬了出來。

他搖晃著飄逸的螢火，發出悲悽的聲音，希望有人聽見他的哀嘆。一轉頭，他便看見一名臉上有著駭人刀疤的男子，站在凌晨四點的河濱騎樓，在不屬於活人的時間裡。男子緩緩開口，指引幽魂：眼前沒有逃離此世的出口，但若上橋左轉，可求助靈驗廟宇——

我努力睜大刺痛的雙眼，將「犯罪者的告白　最終章」打成滿滿好幾頁稿子，存檔，傳給文維。

「救命啊……」少年B的聲音越來越微弱。

我闔上筆記本。

「好了，我來救你吧。」我說。

但是，那堆廢鐵已經沒有動靜了。

為了死掉而被生出來的角色，到處都是。

我敲敲腦袋，暗罵自己。再怎麼文思枯竭，都不該重複星野垣說過的話。

而那堆廢鐵的下方，竟傳出星野垣冷冷的聲音：「杜清鋒，憑你的能耐，果然只能寫出這種東西。我告訴你——你寫出來的結局，無聊透頂。」

我猛然轉身，拔腿就跑。

這故事我已經寫完了，和我沒有關係了。去死吧。少年A，少年B，少年CDEFG，全都去死吧。

關閉電腦，走到屋外，看著腳下的下班車潮。試著深呼吸，讓肺部灌進一點新鮮空氣，卻又是一陣猛咳，似乎連陽臺都瀰漫著辣椒水的嗆鼻氣味。

腥紅色的濃霧，籠罩整個永和。

◈　◈　◈

隔天，我去了一趟南陵國小。

火車減速，駛入小鎮市區時，我看著窗外風景，對這地方一點印象也沒有。這只是我輾轉童年裡，無數停靠站的其中之一。我究竟在這裡住過多久？幾週？幾個月？真的不記得了。

車站杳無人跡，是只有區間車會停靠的小站。走出車站，不遠處便是南陵國小。低矮方正的水泥校舍，聊備一格的遊樂設施，和網路上看到的一樣。

校園空蕩蕩的，今天是週末，只有幾位老人家在操場上運動。

走至兩棟校舍前方，看著頂樓，這會是少年A走獨木橋的地方嗎？試圖想像一座架在兩棟樓間的獨木橋，卻一點記憶都沒有。這裡發生過書中描述的霸凌場景嗎？

我讀這間國小時，發生過什麼事？

其實不止這間學校，其他學校的事，我也記不清了。我一向和國小同學沒有什麼交集，童年都在閱讀之中度過。如果有人在班上被排擠的話，那個人應該是我才對吧。

學校的事有什麼好在意的呢？當時我們一家四處躲債，我父母開始失合，我才沒空管班上的事。我什麼都不記得了。

在兩棟校舍之間走來走去，唯一有點印象的角落，是校舍前方的花圃。為什麼呢？明明是寸草不生的乾土。儘管如此，我依舊聽從直覺，在花圃邊緣坐下。

突然之間，我想起來了。

我曾經坐在這裡，聚精會神，閱讀《靜靜的頓河》。

我想起來了。

我坐在這裡看書，四周似乎發生了什麼事，鬧哄哄的。試著回憶更多細節，眼前浮現的，卻只有書中情節。當時，我正讀到主角妻子用鐮刀砍自己脖子、結果自殺未遂的橋段。

印象中，那本書非常好看。

除此之外，我什麼也想不起來。唯一記得的是，那本書還沒讀完，我就又轉學了。

除了鐮刀的畫面之外，我只記得，當時書頁上閃耀著慘白的陽光，四周喧喧嚷嚷。還有，我記得轉學之後，新學校的圖書館沒有《靜靜的頓河》。

結果，我有讀完這本書嗎？書的結局是什麼？

我全忘了。

記憶，有意義嗎？

走回火車站，在自動售票機前呆站，端詳有如麻將的按鍵。不熟悉的小站名稱一字排開，倒過來讀就滿溢詩意，像俳句一樣。

走到北上月臺，準備搭區間車前往烏日站。我一向習慣搭慢車，但現在不一樣了。我搭得起高鐵了。

斑駁的塑膠長椅，殘留著秋老虎的滾燙熱度，隨我每次挪動身軀而嘎吱作響。明明已經要回臺北了，但列車即將進站那一刻，我卻突然改變心意，跑上天橋，踏上對面月臺，改搭南下的區間車。

我真的不想回去，但事到如今，不得不跑一趟。

火車到站時，我不禁嘆了口氣。

走出灰暗頹敗的水泥火車站，轉搭老舊的客運車。破舊的車窗外，是多年如一日的風景。我蒼白乏味的青春。

下車後，便是那條荒涼的街。如此熟悉的街。

幾個月沒回來了。這地方永遠不會變。我去鎮上唯一一間郵局，將金融卡插進提款機，按密碼。

帳戶餘額是一百六十二萬七千四百三十二塊新臺幣。

記憶和夢都是假的，只有錢是真的。

8.

我母親雖然不是小說家，但同樣只活在她自己的精神世界，專注而執著地向內注視她心中的風景，不在意所謂的現實。這樣的傾向日益強烈，近年她簡直是深居在意識的厚繭裡，大隱隱於心，無論誰呼喚她的名字，她都不屑回應。

「媽，妳還記得南陵國小嗎？」

她的目光，停留在幽玄飄渺的遠方。和過年時比起來，她似乎把自己藏得更隱密了。

「妳記得嗎，南陵國小？」或許該用紙筆寫，說不定她會比較有反應，「妳聽得到我說的話嗎？我是妳兒子，我是杜清鋒。」

聽見「杜清鋒」三個字，我母親的眼神突然有了光。她緩緩轉頭：「你認識杜清鋒？」

「媽，我就是杜清鋒。」

她站起身，走到書桌前，拉開抽屜：「我告訴你，我兒子真了不起，他在學校參加作文比賽，都拿第一名呢！」

又來了。她捧著那疊發黃陳舊的國小獎狀、國中獎狀，喜孜孜地秀給我看。

「你看你看，這些都是他的獎狀，作文比賽，第一名，我兒子啊，以後一定是個大作家，超級有名的大作家，他會出好多好多書，全國上下都會知道他的名字……」

「媽……作文比賽第一名，並不代表什麼。」我很少這麼直接，但總該認清現實了，「杜清鋒是不會出人頭地的。」

她愣愣地看著我。

半晌，她突然大怒，在房中尖叫起來：「你膽敢這樣說我兒子！我兒子以後是大作家，超級有名的大作家！」

阿姨突然推門進來，她該不會躲在門外偷聽吧？她拍著我媽的背，像哄小孩一樣：「姊姊妳說得對，杜清鋒以後一定是個大作家，超級有名的大作家……」

一回到客廳，阿姨又繼續忙著包裝她剛採回來的芭樂，一顆一顆放進紙箱。

「你媽媽就是講不聽，這你也知道，為什麼要頂撞她呢？我說清鋒，下次你就順她的意，跟她說她兒子以後是大作家，讓她歡喜一下，你說這樣好不好？」

我支支吾吾，敷衍過去。阿姨總是這樣，一見面就想說教。

「清鋒，你好久沒回來了。臺北工作很忙對不對？你現在在臺北做什麼？」

「沒什麼，就……幫朋友經營咖啡店。」

「不錯不錯，臺北很多咖啡店對不對？好好打拼啊！」阿姨顯然沒看到我的新聞。

我拿出一個紅包袋：「阿姨……這是我的一點心意。」

她裝模作樣推辭一番，當然最後還是收下了。
這是我第一次拿錢給她。
「清鋒，你終於長大了……如果你早點成功的話，你阿姨的婚宴說不定就不會取消了。」
夠了，她被甩關我什麼事？我假裝沒聽見。
「阿姨，我小時候的東西，妳收在哪裡？」
我在老家的房間，現在已經是兩個外甥的兒童房，我的東西則和家裡其他雜七雜八的細瑣一起堆放在鐵皮倉庫。踏進倉庫，霉味迎面襲來，害我一陣猛咳。
灰塵瀰漫中，首先映入眼簾的，竟是阿姨的婚紗照。她濃妝豔抹，和年紀小她很多的未婚夫站在一起，兩個人怎麼看都不搭。整本婚紗瀰漫濃濃的修圖感，甚至連我表哥臉上都抹著厚厚的白粉。
婚紗下面還有一箱喜帖，她怎麼連這種東西都留著？我挪開紙箱，下面壓著一封手寫的、寫給阿姨的信。
我在婚宴會場，妳還在另一邊化妝。我坐在新郎休息室，手裡拿著紅包，婚禮這種場合，應該是我們要收大家的紅包，但我們，卻是妳向我要錢。妳總是向我要錢。這是第幾次了？妳姊姊的病還要多少醫藥費？我爸媽都說妳只是為了錢和我在一起，說妳遲早會把我榨乾，我說我不怕，但我真的不怕嗎？妳選擇我，難道真的是因為我有錢？對不起，我沒有信心了。這是妳要的錢，這是最後一次。抱歉拖到最後這一刻才做出決定，我會請伴郎編造別的理由。祝妳幸福。

那天，阿姨沒有編造理由，她只是在賓客悉數就座之後，告訴大家新郎不來了，請大家好好享用婚宴的菜，不要浪費。所有人心驚膽戰，在無盡的尷尬中，默默吃完那頓飯。

整個家族，沒人忘得了那場景。

我知道阿姨常帶我媽去看醫生，但我從沒想過錢的事。我總覺得阿姨多此一舉，她先是帶我媽四處給人收驚，後來找的醫生也全都是奇怪的密醫。我媽又不是沒有自理能力，為什麼要逼她看醫生？

我從未認真思索的答案，突然浮現出來，如此明顯、如此理所當然。

因為阿姨很愛她姊姊。

她不是那種懂得表達情感的人，或許，唯有透過這樣的方式，她才能夠表示一點點自己對姊姊的關心。

阿姨……我一向不喜歡她，但我從沒想過，她才是最偉大的人。一直以來，都是她默默支持我們母子，無條件為整個家付出，還幫我出國高中的學雜費。我真的很不懂事。

其實，阿姨的心地真的很善良。我應該對她好一點。我一直覺得阿姨很囉嗦，很煩，但其實，她只是喜歡找人說話而已。她想和我說話，但又不知道要說些什麼，所以只能用一些無聊的瑣事來和我溝通。下次她打來時，我會有耐心，我一定會努力找話題，好好和她聊天。

喜帖下面，是好幾箱舊衣服，翻了一下，我的衣服和表哥的衣服混在一起，連表哥小孩的嬰兒服都放在同一處。衣服後面，堆放好幾箱我和表哥的國中教科書。我捏著鼻子深入一步，往後方繼續翻找，終於發現我要找的東西。

所有習作和作業本，都收在同一個紙箱裡。從小，我就常用作業簿寫日記，每天塗塗寫寫，那大概就是我的創作起點。一本一本檢視，沒花多少時間，就找到南陵國小時期的作業簿。

裡面密密麻麻，寫滿了我對《靜靜的頓河》的感想，除此之外，幾乎沒寫別的事情。

除了讀書心得之外，整本簿子只有幾筆零星的流水帳：新學校的圖書館很小、父母吵架害我來不及把書看完、父母吵架害我早自習遲到、父母吵架所以沒人煮晚餐、零用錢變得好少、又轉走了。

我待在南陵國小的時間，甚至不到一個月。

一點記憶都沒有的這間學校，為何突然回頭找我？

屋內傳來阿姨的聲音：「清鋒，晚餐你想吃什麼？」

「阿姨不用麻煩，我也差不多該回去了。」我闔上紙箱，將南陵國小時期的作業簿塞進背包。

回到客廳，阿姨正拿著膠帶，將芭樂封箱：「我炸肉酥給你吃？記得你小時候最喜歡吃這個了。」

小時候是小時候，現在我超怕油膩，而且阿姨煮菜很難吃。

「阿姨不用麻煩，我還要趕回臺北……」

「你難得回來，不等你表哥表嫂回來一起吃飯嗎？」

「我臺北還有工作，要寫幾篇文章給客戶。」

「寫文章啊，了不起，清鋒從小就很聰明，不像你表哥——」

「表哥工作很勤奮，勤能補拙……」

我明明是想說好話，不知為何，才一開口，就發現自己又說錯話了。好險，阿姨似乎沒聽見我脫口而出的白爛成語。

「阿姨妳真了不起，還幫表哥照顧小孩。」我試圖彌補。

「兩個小鬼頭，皮得要命，累死我了。清鋒，你快三十了，打算什麼時候結婚？」

要命，又來了。

「還是你其實不想結婚，不想生小孩？」阿姨邊貼膠帶邊說，「其實這樣也好。不是每個人都適合養小孩。你看新聞這麼多虐待兒童的事情，就是不適合還硬要生，才會這樣。」

這是什麼意思？我要是哪天有了小孩，就算再怎麼不甘願，也絕對不可能虐待他們啊！但我懶得跟她解釋，只是照例支支吾吾，應付過去。

雖然決定要好好和阿姨講話，但她真的很難聊。

封箱完畢，她將整箱芭樂扛上推車。
「阿姨，我幫妳。」
「沒關係，阿姨力氣很大。」
這倒是真的。那箱芭樂看起來超級重，但她似乎已經習慣了。
阿姨是苦命人，從沒享過福。這麼多年來，我從來沒認真思考這件事。然而，她從不叫苦，也從不讓我和表哥做家事。
阿姨，謝謝妳。
走出家門時，我無聲地這樣說。
那一刻，我突然覺得自己成長了。

◈ ◈ ◈

安蓓的經紀公司位在十五樓，電梯門一開，總機小姐即刻笑臉迎接：「您好……」
「請問一下，你們公司的藝人安蓓，她在嗎？」
「安蓓？好一陣子沒出現了，突然搞失蹤……」總機小姐好奇地端詳我，「你是星野垣吧？哎呀，怎麼連男朋友都來這裡找人了？」
「男、男朋友？」

「不是嗎？你想否認嗎？」總機小姐笑了起來，「安蓓說得沒錯，你真是個『好』男人。」
她在說什麼？她知道安蓓拿防狼噴霧噴我嗎？
「那，我先告辭……」
趕緊按電梯，逃離眼前的尷尬場面。
電梯門開啟時，安蓓竟站在電梯裡。
「你找我？」她臉色慘白，像鬼一樣。
我還沒開口回答，她便仰頭向後倒下。電梯內部變成一座向下延伸的井，她就這樣墜入無底深淵，被黑暗吞噬。

◈　◈　◈

我在床上驚醒，倉皇地左右張望。
頂樓鐵皮屋的熱度，漸漸烤乾我的意識。
漏水的天花板，滴答一聲。

◈　◈　◈

「文維，《無涉》你讀了嗎？」

「嗯。」

「你覺得如何？」

他在大大的辦公桌上翻翻找找，然後轉身掃視架上一疊又一疊的稿件，最後在地上的報刊堆中，挖出三百頁A4紙張的《無涉》。

「老大……」他掀動鼻翼，彷彿手上捧的是一顆發霉腐爛的水果，「你跟我開這玩笑，有點太過分了。這是什麼東西？」

「文學小說。」

「文學？小說？老大，你拿稿子給我之前，先看看裡面的內容好不好？」他將厚重的稿件還給我時，我突然覺得自己像個餿水桶，「你朋友想當作家？請他先練習講重點好嗎？三十萬字，不知所云，這種東西誰讀得下去？好了，說正經的，《犯罪者的告白》已經結束連載，下一本有主題了嗎？」

我拿著那疊耗費我三年歲月的廢紙，決定豁出去了。

「我想寫一本小說，」我說，「故事是……一個默默無名的影子作家，有一天突然接到一個超有名的作家來電，要他幫忙寫他的自傳……雖然影子作家覺得奇怪，這個知名作家怎麼會找他，但他們還是一起開始寫這個知名作家的自傳……但是，他們兩個其實都是同一個人的雙重人格……」

「哦。」他不置可否，「對了，昨天《激辛熱線週刊》跟我們邀稿，你這兩天先寫個純愛物語給我吧。」

「純愛物語？」

「對啊，就你平常寫的那種就好了，兩千字的小短篇，可以的話明天傳給我……怎麼了，你不想寫嗎？」

「沒、沒有啊，我會寫。」

「對了，有人想跟你打聲招呼。」他打開身邊的櫃子。

門緩緩開啟。

櫃子裡面是慘然微笑的星野垣，他倒吊懸掛，盯著我瞧。

◈　◈　◈

我在床上驚醒，倉皇地左右張望。

漏水的天花板，滴答一聲。

◈　◈　◈

「最近，我越來越分不清現實和夢……」
「那很好啊，我很常這樣。半夢半醒的時候，是最適合創作的狀態。」
「真的嗎？」
「對啊，我的新書就在講這個。喏，給你一本。」
「曼曼，妳曾經懷疑過自己的記憶嗎？」
「當然啊，所謂的記憶，是隨時都會變化的東西，一旦這樣想，就會覺得好像整個世界都是假的。」
「……」
「所以，還是不要這樣想比較好。」
「那應該怎麼想呢？」
「要把握生命，活在當下。」

◈ ◈ ◈

我在床上驚醒。
此刻已是午夜，細雨綿綿，鐵皮屋頂響個不停。
那本漫畫的確在我手邊，所以我和曼曼的對話不是夢。

床邊的鏽斑，不知何時蔓延了半面牆，參差不齊的輪廓像心理學那種墨漬測驗，難以解題。伸手搔刮，鐵鏽卡在指甲縫，像血一樣。

安蓓始終沒有回覆我。她的手機一直關機。她消失了。她不要我。她瞧不起我。她憑什麼？我才不在乎她，她只是個花瓶，她的慧黠雙眼只是假象，只是我的幻想、我的投影。沒錯，她只是個空殼，是我投射理想原型的空白畫布。說穿了，我根本一點都不可能喜歡她。

她為什麼要在我家裝針孔攝影機？

那天，雙眼終於從防狼噴霧的刺痛中緩解之後，我上網搜尋那臺針孔攝影機的資訊，發現它可以遠距連線手機，讓安裝者觀看直播影像。難道，安蓓待在我房間時，也同時觀察我在客廳的一舉一動？難道，連她不在我家時，也窺視著我？為什麼她要這樣做？發現這件事之後，我買了紅色玻璃紙，照網路上的指南來檢查家裡有沒有別的針孔攝影機，竟然又找到另外三臺，分別在廚房、房間，以及書桌後方。

這麼漂亮的女生，怎麼會是偷窺狂？難道，她其實暗戀我？

書桌後方的攝影機，似乎可以窺視我的電腦螢幕和鍵盤。安蓓這樣做，難道是為了窺視她最崇拜的星野垣？她能看見我在螢幕上鍵入的字句嗎？她會不會已經偷了我的作品？

再怎麼臆測也沒有用，我更換了所有網路密碼，除此之外，也不知道還能做什麼。

◈　◈　◈

再度踏進星野垣的別墅時，我做的第一件事，是拿出貼了紅色玻璃紙的手機，將所有角落都掃視一遍。

星野垣的別墅沒有針孔攝影機，一臺都沒有。這裡比我家安全多了。既然大家都說我是星野垣，或許我該搬過來住才對。

星野垣的衣服比我想像中少，但似乎都是高級貨。灰色鏡面的蒸汽電子衣櫥裡，掛著兩件布料細緻的襯衫，我試穿一下，竟然非常合身。

戴上玻璃櫃裡陳列的勞力士錶，看著鏡中的自己，自信風采，前所未見。

說不定，我真的可以當星野垣？牆上掛的是我的照片，衣服也是我的尺寸，所有跡象都顯示，這宅邸是屬於我的。

我曾問安蓓，為什麼需要名牌包？她說，背名牌包，才能感受別人眼中散發的一絲尊重。

當時我嗤之以鼻，但事實證明，我儘管敢打電話去預約高級法國餐廳，卻不敢穿著屬於我自己的衣服進去用餐。

◈ ◈ ◈

妳還記得嗎？我們第一次約會那天，妳也戴著妳的紅色圍巾。大學四年，妳都戴著那條圍巾，因為那是妳母親的遺物。妳告訴我這個祕密時，我才發現，這世界這麼悲傷，卻又如此溫

柔。妳記得嗎？那是我們的初戀。妳，戴著紅色圍巾的畫面，是我青春歲月的永恆象徵。

麗華埋首閱讀《激辛熱線週刊》這篇〈星野垣最新純愛物語：紅圍巾女孩〉，背後是宛如舞臺燈的光影對話。那是我從未見過的照明方式，精緻的投影四下漫溢，交織一片細膩得幾乎無法察覺的空間層次。低調、奢華，很符合這間高檔的法國餐廳。

「這篇小品，獻給妳。」等她讀完，我這樣說。

她輕輕執起刀叉，優雅地切了一小塊龍蝦，送入口中。我的紅圍巾女孩。她比以前更漂亮了，大概是化妝方式的不同吧，簡直判若兩人。吃了一口龍蝦之後，她轉而品嚐蘆筍、蕈菇，將龍蝦晾在一旁。她從以前就習慣這樣。我還記得，她總喜歡把餐盤裡最美味的部分留到最後再吃，我常說她這是標準的獨生女習性，能夠獨享一切，慢慢品嚐。我雖然也是獨生子，但青春期和表哥一起度過，每一餐都要搶先將最愛的精華塞進嘴裡，以免被表哥占便宜。

麗華從以前就很優雅，但賴在我懷裡撒嬌時，卻像個任性的小女孩。我的紅圍巾女孩。我好愛她。

今天，是很重要的一天。片刻沉默之後，麗華彷彿心有靈犀，放下刀叉。

我拿出蒂芬妮的小紙袋：「久別重逢的小禮物。」

蒂芬妮是麗華最嚮往的夢幻名牌，現在我終於買得起了。

她接過紙袋，拿出所有女生夢寐以求的那個藍色小盒子，解開燦白緞帶，盒中閃閃發亮的，是一枚鑽戒。電影中經常出現的經典六爪鑽戒。

她笑了。

「清鋒，你送這禮物，代表什麼？」

「這是我的心意。」我已經演練了好幾次臺詞，「看妳覺得代表什麼，就代表什麼。如果不夠的話，我可以再給。」

她的微笑染上一抹奇異的波紋，彷彿靜謐森林的湖泊，擁有魔力，能開啟異世界的門扉。

「麗華，這些年來，在我最痛苦最低潮的時候，我都看著妳的照片，是妳陪我走過幽谷。我一直忘不了妳。麗華，再給我一次機會吧，現在我是知名作家了，妳要什麼我都可以給妳……」

她笑而不答，彷彿刻意營造一股懸疑感，讓空氣在輕飄未決的塵埃中，凝縮一種神祕的曖昧感。但我知道她的笑容絕非偽裝，她是真的非常開心。麗華打從內心微笑時，鼻翼兩側會浮現非常纖細的皺紋，這一點和從前一樣。

無論穿著打扮如何變化，她終究是我熟悉的麗華。

她瞅著我，靜靜微笑。看來，她和我一樣，想好好記住這一刻。

重逢之時。

此時此刻，或許是我們綿長的愛情故事中，最動人的片刻。我們明明有好多話想向對方傾訴，卻只是相互凝望，享受無聲勝有聲的默契。她的美好笑顏，我從不曾忘記。

讀大學時，因為我住男生宿舍，所以我們總在她的租屋處過夜。我還記得她甜美的睡容，還有剛睡醒時的迷濛表情。在她耳畔細語的夜，字字句句都是愛意。我寫了好多情書給她，她一一珍藏，她熱愛我的才華。

這麼多年之後，我們終於找回了對方。

「清鋒……」過了許久，她終於開口，「我很高興，你真的實現了自己的夢想。」

「麗華……」

「不過，TIFFANY是小女生才會喜歡的品牌。我們都已是而立之年了。你知道這是什麼牌子嗎？」

她秀出左手無名指的戒指，我現在才看到那是一枚鑽戒，碩大無比的方型鑽石，主鑽臺座的側面，是鑲了碎鑽的W字母。

見我無法回答，她又亮出右手的戒指說：「那這是什麼，你知道嗎？」

我看著那枚鑲滿碎鑽的動物頭顱，雙眼鑲嵌剔透的綠色寶石，嘴裡咬著一環銀鎖。

「貓？」

「是美洲豹，」她的笑容真的好美，像無可遏止的火紅夕照，在地平線彼端遙遙輝耀，「這是我升上經理時，買來犒賞自己的紀念品。清鋒，你終於成功了，我很開心。如果你願意聽的話，我想給你一點忠告：你現在雖然富有了，但是品味這種事情，不是一朝一夕能夠養成的。你雖然穿著高級西服，戴著勞力士，卻連褲線都沒熨，使用刀叉的順序也弄錯了。這是最基本的西餐禮儀，在今天這種小餐館還沒什麼關係，如果是在＊％#的話，你會成為四周的笑柄。」

我聽不懂她說的＊％＃是什麼，似乎是法文字。她說這裡是小餐館？這裡不是臺北市最高級的法國餐廳之一嗎？她重新整理笑容，像衣服皺了輕拍幾下那樣優雅而適切，然後再度開口。

「剛才，你故意點了最貴的白酒，但海鮮料理不是所有白酒都能駕馭的。」她這麼一說，我才發現她幾乎沒碰她那杯白酒。「品酒是很基本的常識，你廚藝還不錯，上幾堂課應該就懂了。我和未婚夫預計明年夏天結婚，如果你想來的話，我可以先介紹幾個老師幫你上一些課，這樣你在喜宴上才不會尷尬。我們的親友都很有品味，我不希望你覺得不自在。」

她說這些話的神情好美、好溫柔，簡直像是天仙下凡來憐憫我。

「清鋒，你是我最美好的青春回憶。每天和你窩在房間看電影、喝啤酒，吃你炒的菜，騎機車兜風，那個年紀，只要這樣就很開心了。二十歲就是要這樣才青春，我要向你說聲謝謝。」

我只能盯著那顆鑲鑽的美洲豹頭顱，銳利的綠色眼睛，閃著輕蔑的光。

麗華招來服務生，向他要了酒單。

「如果你不介意的話，我想再點一支白酒，不然就太委屈龍蝦了。今天的晚餐讓我請吧，你雖是知名作家，但大概不方便向公司報帳吧？」

麗華點了一瓶非常苦澀的白酒，但那酒和海鮮一同入口時，澀味竟然激發了食材的鮮甜，並在舌尖結合成為難以想像的香醇滋味。

◈　◈　◈

我將星野垣酒櫃裡的葡萄酒一瓶接一瓶打開，一面品嚐，一面對照網路上搜尋到的品酒知識。麗華戴著紅色圍巾的照片，和相框一起在地上砸得粉碎。會品酒又怎樣，懂名牌又怎樣，她以為她是誰啊！

什麼叫做不懂品味，我現在在這裡坐擁的一切還不夠奢華嗎？媲美飯店的高檔裝潢，燈光、簾子和擺飾，都是五星級的。廚房擺滿各式各樣宛如藝術品的精美器具，方方正正的咖啡機，比專業咖啡館還高級。冰箱門不但可以自動感應，還能直接供給冰塊，流理臺除了正常的水龍頭之外，還裝了另一個黑色水龍頭，按一下便會流出熱開水與溫開水，簡直是科幻片中才會出現的廚房。

走向那臺宛如太空艙的按摩椅，坐進去，按下遙控器。世界緩緩傾斜，像搖籃將我溫柔包覆。漂浮著，搖晃著。我仰躺出神，空間恍若毫無重力，肩頸和臀腿同時被恰到好處的力道按摩，彷彿活生生的師傅蹲在機器中敲打我全身。天哪，好爽。按摩球隨著背脊向下按壓，釋放背部肌肉的緊繃，重整臀部每個角落的筋脈，那是我從未意識它們存在的深層肌肉。直到今日，我才真正認識自己的身體。

閉上雙眼，感受多年累積的疲倦緩緩解放，拋下一切煩憂。

什麼安蓓，什麼麗華，我才不在乎她們。

浴室寬敞得可以打桌球，明亮得像商場，免治馬桶四周的燈光層次分明，宛如聖潔的神壇，還散發一股清香，不像我家廁所總是漏水，臭味怎樣都除不掉。在這裡連洗手都像淨身儀式，洗手臺裝的還是感應式水龍頭。淋浴間是我夢想已久的乾溼分離系統，大大的蓮蓬頭出水穩定，水也不會忽冷忽熱，舒舒服服沖完澡之後，雙腳套進乾爽柔軟的室內拖鞋，科幻造型的吹風機隨即啟動，一瞬間就吹乾頭髮。

只是洗澡而已，竟然就像重獲新生。

屋內還有視聽室、健身房和蒸汽浴，但今天實在太累，連浴缸都沒用到。直接進入臥室，躺上那張大床，床墊彷彿自動嵌合我的身體，將意識與潛意識都一併吸入靜謐的幽黯森林。

一直以來，都是我太認真了。只有數字和商標，才能夠代表成功。所謂美好生活，不過是一段廣告接一段廣告拼湊而成的既定風景。像所有星野垣寫的故事，充滿偽造和拼貼的影子，然而，正是這種似曾相識的氛圍，引起了讀者的共鳴。只因那些文字喚起他們過往匆匆一瞥、斷簡殘篇的文字印象，他們便誤以為是自己的心弦被觸動了。這招很有用，很經濟實惠。

就這樣吧。如果這樣就能寫，那我當然會寫。

我放棄了。青春時代最真摯的夢想、一直以來的堅持、我對文學最美好的想像，全部放棄。結束了。最青春最真誠面對自己的時光，結束了。

我要當星野垣。

「我，就是星野垣。」我試著說出口，「鬼才作家，星野垣。」

說出口之後，還是沒有什麼真實感。

這一夜，我睡得特別香甜。睡醒之後，我把星野垣廚房裡的咖啡機扛去放浪咖啡館，送給阿國。

◈ ◈ ◈

阿國蹲在庭院裡，盯著焦黑的松樹出神。

「真的是廢墟了。」他說。

「廢墟又怎樣？」我放下咖啡機，「不用太認真，直接在廢墟裡煮咖啡吧！」

「這是什麼？」

「你的生日禮物，提前慶祝。」我這樣說，他臉上卻是我從沒見過的神情。

「我已經決定了，」他說，「三十歲生日那天，我要去死一死。」

我不禁笑出聲：「你被薩克附身了？」

「人生一點意義都沒有，這世界一點意義都沒有，我受夠了！」阿國一屁股坐在地上，「你不會懂的，你一直都有人生目標，而我從來不知道自己想要什麼，青春歲月都用來唸書唸書唸書，結果呢？唸書唸書唸書，畢業了還是不知道自己想做什麼，年近三十連一個女朋友都沒交過，魯到不能再魯！我的人生有什麼意義？」

嚴格說來，阿國並不魯，因為他有個富爸爸，不像我必須到處申請獎學金、去各式各樣的餐廳打工賺錢。這我當然沒說出口。我拍拍他的肩膀：「放浪咖啡館很有意義啊。」

他竟然大嚷起來：「這只是一間假的 Tiny House！一切都是假的！」

我和他一起盯著焦黑的松樹，這棵樹現在變成文青很愛路過打卡的標記，因為文青最愛廢墟。

久久，阿國再度開口。

「那臺咖啡機很貴吧，」他說，「趕快拿回去退，不要亂花星野垣的錢。」

「反正鑑賞期一個月，」我信口胡謅，「機器好重，扛過來就累死我了，先借放在你這邊。」

我將咖啡機扛進店內，裡面陰森得像恐怖片。牆面坑坑疤疤、焦黑殘破。薩克的夾層整個垮了下來。艾莎的夾層燒掉一半，陽光從窗口斜斜照進來，在輕煙似的塵灰當中舞動，輝映一道宛如海底洞窟的光暈。

和艾莎有關的事物，似乎都能沾染一絲不食人間煙火的氣息。

艾莎從來沒吃過苦，那又如何？所以她能輕易療癒我們。每次有人說她寫的歌是療癒系小清新，她就生氣。但療癒系小清新其實也很重要，如果每個人的作品都和薩克一樣，那不是大家都要去死了嗎？

變成星野垣的話，我就和艾莎一樣不愁吃穿了。

問題是，我能寫出和艾莎一樣動人的作品嗎？

◈　◈　◈

她名叫娜塔麗婭，出身於村裡最富有的家族。年華正盛之刻，父親將她許配給葛利高里，她深愛著他。

陽光透過國家圖書館的窗戶篩落，靜靜灑在窗緣。乾燥的灰塵，浮動一股屬於舊時光的氣息。我坐在閱覽區，一頁接著一頁，重溫兒時的美好回憶。

重新閱讀一本書，尤其是舊式排版的那種，有時像催眠一樣，上次閱讀時的光線、空氣、心情，以及周遭的喧擾，緩緩包圍書頁，有如時光倒流。小說是思緒的觸發媒介，悠遊於文字當中的時候，隨時都能暫擱書頁，順著文字誘發的念頭去探索意識深處，讓朦朧的思緒有充足的時間緩緩現形。影音作品雖然也可以按下暫停鍵，在思緒泉湧時停下來思考，但很少人這樣做，或許是太累了吧。這麼說來，星野垣作品吸引人的地方，確實是對於疲憊蒼生的體貼周到。

娜塔麗婭其實並非《靜靜的頓河》的主角，但不知為何，我對她印象最深刻。一頁一頁翻閱下去，看著她因丈夫負心，日漸陷入絕望。終於，她拿起鐮刀，剮向自己。

上次讀到這一段時，我坐在兩棟校舍前的花圃邊緣。書頁背後，彷彿聽見眾人喧囂鼓譟的聲音。似乎大家都抬頭張望，興奮得不得了。

架在頂樓的獨木橋。

那個站在頂樓的人，是誰？

那真的是我記憶中的畫面嗎？還是寫作《犯罪者的告白》時，在我腦中誕生的虛構場景，如今偽裝成記憶的模樣？

星野垣腦海勾勒的少年A，是什麼樣子？

葛利高里自戰場歸來之後，回到了娜塔麗婭身邊。當他們的雙胞胎子女誕生的時候，我耳畔響起班長的喊聲。

上課了。老師進入教室，班長高喊「起立！立正！敬禮！」之後，我就得拿出課本，將課外讀物收進抽屜。

班長的左臉有兩顆黑痣，像沒擦乾淨的眼屎。

我想起來了。

我讀南陵國小時，少年B，是我的班長。

少年B，是我認識的人。

《犯罪者的告白》是真人真事？

爬上樓梯，去期刊室調閱舊報紙，才發現現在已經可以直接用電腦查閱了。我點開將近二十年前的地方報紙，卻想不起自己就讀南陵國小的確切日期，只好從我升上六年級那年的九月一日開始看。

螢幕中的報紙不會泛黃，沒有陳年氣味，也無法用指尖感受它的粗糙顆粒。從九月一日瀏覽到十二月三十一日，沒有什麼值得注意的事。查報紙有意義嗎？一間普通小學發生霸凌事件與內衣竊案，這種事報紙會登嗎？

但除此之外，我也想不到其他查找線索的方式。館外暮色漸深，我和身邊眾多高中生一樣，在圖書館樓下的便利商店吃了晚餐。多年來，超商便當始終是我吃不起的奢侈品，如今終於一嚐味道，竟然還不如自己煮的菜。

回到電腦前，從隔年一月一日的舊報紙繼續看起。瀏覽至三月底，眼中竟真的映入「南陵國小」這四個字。

三月二十八日，就讀南陵國小六年級的吳姓學童，於下課時間遊戲時意外墜樓，當場死亡。吳姓學童。

班長的確姓吳——不知為何，我還記得這件事。我一向記不得別人長相，但姓名倒總能記得一清二楚。天生注定當文字工作者。

我看見的星野垣，是少年B的鬼魂嗎？

如果他是少年B，那我是誰？難道我是少年A嗎？

不對不對，我從沒遇過少年A遭遇的事。而且，如果班上有人死掉的話，再怎麼沉迷書中國度，都不可能忘記這種事。班長墜樓身亡的時候，我絕對已經轉學離開南陵國小了。

班長的死，和我有什麼關連？

晚上九點，閉館時間，我站在門口失神，覺得無處可去。穿越陰暗的中山南路，車潮一陣一陣，時而靜謐、時而喧囂。廣場上的青少年還在練舞。劇院剛散場，人群迎面走來，個個光鮮亮麗，雙眼閃閃發光，伴隨一種大夢初醒般的朦朧恍惚。他們剛看完的那齣戲，一定很棒。

我究竟想尋找什麼呢？

這一切，究竟代表什麼？

我什麼都不想知道了。我好累。什麼都不想思考，只想好好休息一下。想躺在不會讓人腰酸背痛的床上，好好睡一覺。

搭計程車回外雙溪，泡了整整一個小時的澡，再好好享受一小時的按摩，然後沉入那張完美的大床，身心靈澈底放鬆，體驗純粹的飄浮狀態。

睜開眼時已是深夜，牆角有個物體正在移動——定睛一看，是隻蟑螂。沒想到豪宅連蟑螂都比較大隻，油潤發亮，簡直是國外進口的蟑螂。

而星野垣的幽靈，就站在我的床邊。

「你想幹嘛？」我問，「現在我是星野垣了，你是誰？你說啊！」

幽靈緩緩逼近。

「我才不怕你，」我說，「你是誰？你是少年A還是少年B？你說啊！選一個角色啊！」

幽靈來到我面前，開口說話：「我既是少年A也是少年B。你，你什麼都不是。」

我拿起枕頭，朝幽靈砸去。

星野垣的幽靈消失了，但牆角蹲著一名臉色蒼白的小男孩，左側眼角掛著兩顆黑色的淚。我噤聲顫慄，但班長似乎什麼都不想表述。

◈　◈　◈

那晚，警察逮捕了我。

我的永和公寓，鐵皮屋旁的空地上，那個貼著「小美冰淇淋」貼紙的冰櫃轟隆轟隆運轉，電是從我家裡接出來的。

鄰居覺得不對勁，探頭一看，冰櫃裡塞滿報紙。拉開櫃門，報紙下面是安蓓早已結霜的屍體，頭部有遭到鈍器撞擊的痕跡。

9.

安蓓第一次看進我的雙眼時，她深深一笑，就瞬間照亮我的靈魂。

安蓓，我一直不滿足我們之間的關係，不希望我們之間只有這樣，但妳消失之後，妳不在了之後，我才發現，其實只要像之前那樣，就好了。

回想她的肌膚貼著我的手臂，她的溫度，如今竟已歸零。

我到現在都還沒哭過。一切發生得太快，噩耗像隔著水波傳遞，彷彿將頭埋進水裡，耳中嗡嗡作響，什麼都聽不清楚。我還是無法相信，安蓓已不在人世。她姣好的臉龐，甜美的笑容，深邃的眼神，這一切，竟都已消失無蹤？

安蓓的告別式是什麼時候？她的告別式會是什麼樣子？躺在棺材裡的她會穿什麼衣服、化什麼妝？

這時，我突然想到，我寫過許多死亡場景，卻從來沒寫過告別式。

「你還是沒有說重點。」警官的聲音低沉，我已經弄不清楚這是第幾名警官了，「你為什麼殺了安蓓？」

「不是我……」

「別裝傻了！」他往桌面重重一拍，「她是你女友，屍體在你家，你會不知道發生什麼事？裝神弄鬼，謊話連篇！她所有朋友同事都作證，你們已經交往兩年多了，你卻說你們才認識一個月？」

另一名警官走進來，對他耳語。

「哼，」他瞪著我，用鼻孔發言，「你的編輯帶著律師來了。」

我抬起頭來，看著他開闔的雙唇，彷彿另一個世界傳來的消息。

◈ ◈ ◈

「大家都很擔心你……」蔡文維的聲音彷彿泡在水裡一樣聽不真切。睡眠不足之下，眼前的一切一切，都像隔了一層霧。

「……現在認罪的話，有機會減輕刑罰……」律師說話的聲音也飄渺如雲，像宇宙傳來的無名聲波，我抬頭傾聽。律師都習慣扮演天神嗎？

「老大，你還好嗎？」蔡文維臉上掛著一副擔憂的神情。

「蔡文維。」我聲音沙啞，想必是缺水的緣故，「我們在南陵國小同班過，是這樣嗎？」

「什麼？」

「蔡文維，」我清清喉嚨，「當年我做了什麼嗎？我哪裡對不起你？」

「老大我聽不懂你在說什麼……」

「你該不會是，在我投稿參加『星野垣百萬小說獎』時，就注意到我了吧？正在寫作的老同學……」我的聲音漸漸恢復，腦袋似乎清醒了點。

「老大，百萬小說獎是你辦的啊。」

「你費盡千辛萬苦，做那麼多破綻百出的手腳，找個演員在我面前扮演星野垣，把我的童年場景寫成星野垣的小說，把我變成星野垣，就為了把這個殺人罪栽贓給我，是吧？」

「老大，你就是星野垣啊……」

「安蓓的親友都知道，她的男友是星野垣。但是，沒人親眼見過星野垣。所以，只要做一個出來就可以了。」

「老大……」

「剛才，被警察問話的時候，我突然心想，星野垣到底是誰？然後我突然想到，或許星野垣這個人，根本不存在。或許星野垣，只是你製造出來的虛擬人物。」

「老大，『你』不是虛擬人物啊。」

「虛擬人物，背後，或許是好幾十個代筆作家。」

律師再度以宣告神諭的口吻說：「我們可以要求做精神鑑定……」

蔡文維點點頭，「嗯，這樣對他比較有利。」

「是對你有利吧，蔡文維？」我不禁大吼，「你為什麼殺了安蓓？」

「老大！」他瞪大眼睛，「你的幻想太誇張了……」

「我們可以要求精神鑑定。」律師說。

我依舊盯著蔡文維，「你不覺得奇怪嗎？如果星野垣是虛擬人物，那是誰用他的名字和安蓓交往呢？能夠掌握星野垣資訊的人只有一個，就是你。」

蔡文維擺出悲哀且憐憫的神色，搖了搖頭。

「但是為什麼？」我聲音顫抖，但我無法控制，「你讓安蓓來認識我，就是為了殺她嗎？」

蔡文維嘆了口氣，用極度誠懇的表情看著我。但他的雙眼，是難以解讀的意味深長。

「老大，你現在有非常嚴重的妄想問題，」他說，「但你要好好想想，關於你的未來。及時認罪是唯一的選擇。你要好好想想，你是誰。你是星野垣，你是擁有百萬讀者的知名作家，這光環、這榮耀，會跟著你一輩子。」

他說出這段話的同時，四周緩緩陷入魆夜。

純然的、極致的黑，包圍我、啃噬我。

「蔡文維……你的意思是，如果我現在頂下這個殺人罪，你製造出來的這個虛無的、知名作家的光環，就會是我的……」

「老大，你現在精神狀態不穩定，但你要好好聽我說，」蔡文維盯著我，聲音非常低沉。

他的雙眼，是來自深淵的凝視。

「老大，你寫了一輩子，就是為了成名，希望大眾肯定你的才華。你努力了一輩子，從來不肯放棄寫作，就是為了你現在擁有的成就。你，你是星野垣，你終於來到這個高度，這是萬中選一的幸運兒才能到達的高度。老大，你要好好珍惜你擁有的一切。想想你的粉絲，如果你現在認罪、願意悔改的話，他們還是會對你死心塌地，還是會買你的新書。你可以在監獄裡盡情寫作，從某方面來說，這不是你夢寐以求的寫作生活嗎？你再也不用理會外面的世界，將凡俗塵囂拋諸腦後，只要寫就好了！我們還是會出版你的作品，版稅也會交給你，你的家人會以你為傲，因為你是知名作家，全國上下都知道你的名字……」

「全國上下都知道的，殺人犯的名字。」

「不，是『星野垣』的名字。老大，你要好好想想，雖然你犯下大錯，但是，看看你這一輩子，你是人生勝利組。看看那些和你同樣年齡、和你一樣拼命寫作的文青，他們都是輸家。社會瞧不起他們，但社會不會瞧不起你，因為你是星野垣。你不是那些窩在家裡做夢不去上班的尼特族、不是那些三十歲還在打零工的魯蛇、更不是那些被出版社退稿三十次的失敗寫作者。想想那些人，他們都想成為你，他們都想翻身，但只有你站在頂點，因為你是星野垣。你寫了一輩子，賭上所有夢想和青春，就是為了星野垣的一切，不是嗎？想想你的讀者，聽我的勸。及時認罪，是你唯一的選擇。」

我四肢發冷，全身顫慄。我的欲望我的恐懼，他都看得一清二楚。

「蔡文維，你知道你在說什麼嗎？你現在要我答應的，是魔鬼的交易。」

「老大……」

「但我不是浮士德。」

◈　◈　◈

漏水的天花板，滴答一聲。

睜開雙眼，眼前依舊是冰冷的拘禁室。

我真的不是浮士德嗎？我能夠不是嗎？回顧我二十九年的人生，確實一切都搞砸了。除了接受他的提議，我還有什麼出路？

冰冷的牆，貼在我發慌的臉上。呼吸漸漸和緩。我閉上雙眼，咀嚼魔鬼的交易。

蔡文維的聲音，伴隨著我母親的殷殷切切，在腦中交織演奏，那是可以將人逼瘋的主旋律。

（你寫了一輩子，就是為了成名，希望大眾肯定你的才華。你努力了一輩子，從來不肯放棄寫作，就是為了你現在擁有的成就。你是星野垣，你終於來到這個高度，這是萬中選一的幸運兒才能到達的高度……）

（你看你看，這些都是他的獎狀，作文比賽第一名，我兒子以後一定是超級有名的大作家，他會出好多好多書……）

（看看那些和你一樣拼命寫作的文青，他們都是輸家，社會瞧不起他們，但社會不會瞧不起你，因為你是星野垣……）

我想起小沛母親臉上，那諂媚的笑容。

看著冰冷的拘留所，想像牆背後的常民生活。車水馬龍，人們來去匆匆。想像街上行人的目光，他們個個面露輕蔑，不屑一顧路旁的我。

他們瞧不起的對象，會是功成名就的殺人凶手星野垣，還是魯蛇杜清鋒？

我將臉埋進雙手。

我寫了一輩子，賭上所有夢想和青春，究竟是為了什麼？

◈　◈　◈

天亮時，我發現自己好想認罪。

不對啊，杜清鋒，你瘋了嗎？你要讓殺害安蓓的凶手逍遙法外嗎？你不恨他嗎？

當然恨。恨死了。我恨蔡文維，恨不得親手殺了他！我想殺了他！

但我還能怎樣？就算說出真相，誰會相信我？不管怎樣，他一定會有報應！他會遭天譴！

但他說得沒錯，如果坐牢的話，我就可以在監獄裡盡情寫作，再也不用理會外面的世界，只要寫就好了！

杜清鋒，你瘋了嗎？你要妥協嗎？

妥協又怎樣？在這一切都在變壞、一切都在消亡的時代，如何能不發瘋，如何能不妥協？除了把一切都丟給老天爺決定，我還能怎樣？連阿國這麼陽光的人，都受不了這一切了！阿國說得沒錯，這世界一點意義都沒有我們的人生一點意義都沒有我已經什麼都輸光了我不想再回去面對麗華或小沛母親的眼神不想再面對任何人的眼光如果真的坐牢的話最好就關一輩子出不來也無所謂因為那樣的社會我已經不想回去了！

不對啊，杜清鋒，你是認真的嗎？你不想告訴大家真相嗎？

我戳著似乎快要炸裂的太陽穴，腦中竟又浮現那個假扮的星野垣說過的話。

只有輸家，才會在意真相。

警察回來了。

我正要開口，他卻打開鐵門，像趕狗一樣揮揮手。

「你可以走了。」他說。

◈ ◈ ◈

小吃店的電視新聞，正播放蔡文維的照片。接下來的新聞畫面，竟是蔡文維扛著行李箱進入我家頂樓，將裡面的屍體藏進冰櫃的影片。影片以俯角拍攝，絕對是從屋頂水塔旁邊偷拍的。

這段影片的攝影者，除了小沛，不會有別人。她公布這影片，是為了救我，還是因為她無法忍受我假冒星野垣？

我將帽沿壓得很低，匆匆吃完面前的食物，戴上墨鏡和口罩，趕緊結帳離去。

走在路上，我彷彿成了透明人，彷彿全世界都忘了我是誰。抑或他們全都躲在我背後，罵我是冒牌貨呢？

我是不是後悔了？失去光環、名聲、讀者。

儘管那是假的。

車喇叭猛然尖響，駕駛狠狠瞪過來，原來我差點闖了紅燈。駐足靜候，就在紅燈轉綠的同時，太陽從高樓後方探出頭來，照亮了十字路口。

光影婆娑，一棵行道樹朝我張開雙臂。這是我每天必經的街，但直到今天，我才發現，這棵樹我日日錯肩，卻從未注意它的模樣。

它一點都不筆挺。陽光顯然老從右側街角那邊照耀過來，於是它試圖汲取一點在城裡總是過度稀薄的陽光，趨光而傾，日復一日，終於長成了旁人眼中歪斜的模樣，一朵曲折的雲。

它擺出蘇菲旋轉的身姿，高舉右臂，掌心向上，彷彿探入遠古深奧的記憶河流；左臂低垂，像鉛錘繫住人世的重量，為醉心冥思的身體保持平衡。無法挪移腳步的舞者，用自己的節奏款擺，陽光透過它微微張開的右掌篩落，在細細長長的葉面上方，閃爍銀河般的光點。

這時，我才驚覺，我雖然企圖寫小說來描繪世間種種風景，卻連一棵尋常路樹的品種名稱都叫不出來。

頂溪站開始湧現下班人潮之後，我終於無需躲藏，只需放任這些上班族將我吞沒。一日將盡，他們滿臉疲倦，目光渙散，只想趕快買晚餐回家追劇。我隨波逐流，在溪州市場旁的小攤子坐下，點了一份肉圓和四神湯。直到此刻，我才發現，能這樣信步在街上晃盪，是多麼難能可貴的自由。

吃完晚餐，決定去書店買本書，送自己當生日禮物。走到小小書房門口，才發現書店竟然消失了。眼前只剩高高矗立的建商廣告：十二層樓綠建築，日本建築師操刀，戶戶挑高三米二。我站在光鮮閃亮的看板前方，凝視注定吞噬一切的黑暗。資本主義大怪獸，以藝術為餌，用文化獻祭。在這急功近利的時代，真正有價值的事物，注定曇花一現。

但我有什麼資格批評呢？我還不是輕易陷溺於星野垣的城堡，情不自禁享用起那琳琅滿屋的電器商品？如此誇張的舒適生活，原本是完全非必要的奢侈品，但鋪天蓋地的行銷詭計，將這些產品變成人人追求的理想日常。非擁有不可，不然就輸了。接下來，我們便必須為了維持相同的生活品質而製造更多塑膠、汰換更多垃圾。因為盲從與空虛而產生的龐大物欲，給了人們賺更多錢的目標，推動產業繼續運轉。而我沒有資格批評——睡在星野垣家的那兩夜，我確實以為自己擁有了全世界。

拿出手機搜尋，鬆了一口氣。書店還在，只是搬到文化路了。

小小書房的新店面，有個三角形的騎樓，遠遠散發溫煦的光。推開門，立刻看見兩隻熟悉的橘貓——我總覺得這兩隻貓討厭我。牠們今天也一樣，一副被打擾的樣子，不屑地瞪著我。

（嗨，好久不見。）我沒說出口。

貓掉頭就走。新店面陳設的，還是那些陳舊的木造書架，木頭的顏色不夠深也不夠淺，毫無裝潢風格，一點文青氣息都沒有，簡直像是社區圖書館。很樸素，很普通。儘管如此，這地方還是散發出唯有它能夠散發的微光，那種只有懂的人才會懂的光。

追根究柢，我追求的，不過只是這樣的微光。僅是這樣的微光，已是奇蹟一般的存在。

小小書房，正在慶祝十周年。我們的時代，終究沒那麼讓人絕望。我在狹窄的店內神遊，眼前流轉的是繁花錦簇的思潮、脈動，各式各樣的人生故事，城內最美的風景。

每一本書，都是落魄靈魂的避風港。繞到展示桌的背面，老師的新書就在那裡，靜靜躺在平臺上，在燈火闌珊處等著我。

老師在新書中，深深剖析了自己的家族歷史。上一代的滄桑、下一代的希望，逝去的血淚過往，與懵懂的未來想像，都讓人動容落淚。每字每句，都洋溢睿智感人的光輝，閃耀時代淬鍊的剔透凝鍊。我多想達到這樣的境界啊。

儘管是這樣的日子，老師的文字，還是一樣溫暖人心。一翻開書，開頭的幾句話就鼓舞了我，化作一道擋風罩，護住我心中瀕臨熄滅的小小火苗，點醒了我的初衷。

其實，我真正想寫的，不是什麼瘋狂憂鬱的小說。

我想寫出一個有靈魂的故事，擁有活生生的力量，能夠撼動人心。

我想寫一本有如在草原盡情奔跑的小說，就算無法出版、就算沒人要讀，都無所謂。至少，我奔馳過。在那無人知曉的草原，全然盡興地奔馳，大汗淋漓，酣然暢快。像聽見一首久違的歌而泫然欲泣，像終於放下多年芥蒂而釋懷坦然，就算只有我一個人體悟這一切，也就夠了。

我至今的人生，全部都搞砸了。我一事無成，只留下無數因愚蠢而犯下的錯、因無知而傷害的人。我多希望他們能夠忘記我做的這些事，然而不管他們記不記得，我都無法挽回什麼了。

儘管如此，那也沒有關係。

就算全世界都笑我是冒牌貨，也沒有關係。

我要寫我自己的作品。寫安蓓，寫她真正的樣子，就算沒有讀者，只要我寫得出來，只要能用文字重現她的一顰一笑，那就值得了。

因為她曾經活過。

我想成為像老師那樣的人，想要寫出像老師那樣的作品。即使花上一輩子也沒有關係，就算無法成功，也沒有關係。只要能朝著那個方向前進一點點，我就心滿意足了。失敗也沒有關係。

即使無法留下什麼，也沒關係。我想，我注定要在迷惘之中徘徊，永遠找不到答案；我想我永遠找不到足夠精準的用字，來描述此刻在我內心洶湧的情緒波濤；我想，我永遠寫不出我想寫的那本小說。

儘管如此，也沒有關係。

三十歲生日快樂。我輕聲告訴自己。

10.

悄悄開啟公寓大門，躡手躡腳爬上樓梯。經過小沛家門時，我甚至屏住呼吸。門的另一側沒有動靜，大概正在吃晚飯吧。

打開頂樓大門時，竟看見一張熟悉的臉孔。

「阿姨？」

阿姨坐在我家門口，懷裡捧著一個生日蛋糕。

「清鋒，生日快樂。」她說，「我看到新聞，很擔心你。晚點阿姨煮碗麵線，幫你壓壓驚。」

沒想到阿姨還記得我生日，我好感動，雖然她早了幾小時。

經歷這麼多事之後，我才真正體會，最重要的事物，往往是我們不屑一顧的日常。譬如阿姨，如果沒有她，我或許連國中都讀不完。而像這樣的日子，也只有她會關心我。

進屋後，阿姨從紙盒裡拿出有點歪掉的蛋糕。

這個廉價的生日蛋糕非常油膩，但我還是把她切給我的一大塊蛋糕吃得乾乾淨淨。阿姨對食物不太講究，她不太會煮菜，和她一起生活的六年期間，都是我母親負責料理三餐。那時我母親還算健康，只是沒辦法出去外面工作。阿姨兼兩份工作，每天從早忙到晚，假日時還會載我去圖書館借書，那是我每週最重要的精神食糧。

阿姨的心腸真的很好，只會抱怨的我，真的很不懂事。

最理所當然的事物，最容易被忽視。我們總是追求愛情，總在友情中尋求認同，但到了最後，唯一不會背棄你的，還是溫暖的親情。

我真的很感——

◈ ◈ ◈

「意識本身，就是深淵。」星野垣說過這麼一句廢話。

◈ ◈ ◈

再度睜開雙眼時，我感覺自己彷彿騰空了。客廳以一種怪異的角度微微傾斜，我看見阿姨的背，她站在電腦桌前，彎腰使用我的電腦。椅子不知去哪了。定睛一看，電腦旁散落好幾罐藥，螢幕上是星野垣的官方網站。

阿姨雙手戴著手套，在鍵盤上敲打字句。她怎麼會知道我電腦的登入密碼？她為什麼要戴手套？

試著轉動脖子，卡卡的，有種異物感。朦朧的視野映入一雙鞋子，原來如此，椅子在我腳下。

為什麼？怎麼回事？

動動身子，赫然發現，我整個人，似乎是被綁在衣櫃旁邊？

阿姨聞聲轉頭，發現我醒了。她拿起手邊的瑞士刀，衝過來為我鬆綁。

不對，不是鬆綁。

她割斷綁在我身上的繩子，我脫離衣櫃，頓時失去平衡，有什麼東西拉扯我的脖子。

痛！

她抱住我雙腿，讓我重新在椅子上站穩。

驚魂甫定，脖子上的異物感更加強烈。抬眼一看，屋頂的樑上綁了一條粗繩，垂下來纏住我的脖子。我全身被棉被層層包裹，棉被外面用紙板和膠帶捆住，像個長條包裹，直立在椅子上方。

「你大叫的話，我就馬上把椅子踢掉。」阿姨說。

我懂了。她把椅子踢掉的話，我馬上就會窒息。然後她再把棉被和紙板拆掉，我就會變成一具尋常普通的上吊屍體。

「阿姨，妳這樣會被發現……」我試著以理性說服她，「上吊的屍體會大小便失禁，我會把棉被弄髒，這樣會留下證據。妳先放我下來……」

「尿布我已經幫你包好了，」沒想到阿姨也懂得冷笑，「你小時候，我就常幫你換尿布。早知道你長大變成這種廢物，當時就該順便掐死你。」

「阿姨妳別這樣，有話我們好好談……」

「談什麼？你不是覺得我們什麼都不懂嗎？」阿姨拿起一疊紙張，盯著內容朗讀起來：「平庸是毀滅性的無可藥救的普世威脅，偏偏平庸之人無知無感，譬如表哥便是標準的平庸之輩，但平庸不是他的錯，是他家的教育讓他從一開始就沒有脫離平庸的可能性。」

《無涉》第五章。

阿姨放下稿子：「你以為你表哥讀不起大學是誰害的？還不是你爸害的！」

「表哥明明就不愛唸書……」話一出口，我就後悔了。

阿姨拿起《無涉》繼續朗讀。

「『那汲汲營營的眾生，譬如我阿姨，』你以為我為什麼汲汲營營？還不是因為你爸想做什麼生意，把我們家的祖產拿去抵押，結果血本無歸！你連這麼簡單的因果關係都不懂，憑什麼以為你有才能當什麼作家？」

「對不起……」

「你以為你比別人委屈嗎？憑什麼？就因為你書讀得比較多？書讀得多有什麼用？『百無一用是書生』！我們也活得很委屈，只是我們沒有像你那麼多拉里拉雜的講法可以用來抱怨而已！」

「我……」

「你和你爸一樣不事生產，只會拖垮別人！你憑什麼瞧不起我們？」

「我沒有瞧不起……」

「那這是什麼意思，你說啊！」阿姨繼續朗讀，「『阿姨的腦袋比喝光的啤酒罐更加空蕩，裡頭只有濫竽充數的俗爛成語』？之後你寫了什麼，你還記得嗎？要不要我唸給你聽？」

「不用了。」我痛苦地閉上雙眼。之後我用了三頁篇幅來舉例說明阿姨從夜市買來穿的衣服多麼低俗可笑，並用各種精闢犀利的精采譬喻來描述她工作一整天之後，全身散發的濃重體味。

「阿姨，那不是寫妳，小說是經過轉化的作品。」

「婚宴新郎落跑這一整段，你轉換了什麼，你說啊！」阿姨作勢踢向我腳下的椅子。我嚇壞了，一掙扎，脖子上的繩子又束緊了一些，我拼命咳嗽，她似乎相當愜意地欣賞這一幕。

「清鋒，你有才華是吧，來，現在阿姨要幫你一把，讓你永垂不朽。你的遺言已經寫好了，再過幾分鐘，等到午夜整點，我會把它公布在星野垣網站，然後送你上路。」

「遺言，什麼遺言？」

「承認殺害安蓓的自白書。」

「為什麼妳可以管理星野垣網站？」

「文維把密碼給我了。」

「蔡文維明明罪證確鑿，現在栽贓到我身上有什麼用？」
「你認罪的話，文維就只是藏屍的幫凶而已。」
「阿姨……妳為什麼幫蔡文維？」
「人家是有為青年，不像你這個忘恩負義的廢物。」
「他是禽獸不如的殺人兇手啊！他為什麼殺害安蓓？」這名字一說出口，淚不禁湧了上來，我拼命壓抑。
「他又不是故意的。」阿姨說，「反正那個女的自己也有問題。」
「妳怎麼能這樣講？她有什麼問題？就算有問題又怎樣？有問題就該死嗎？」
「這是人家的家務事，你管這麼多幹嘛？你不是最討厭八卦嗎？」
阿姨踹了一下椅子，我差點尖叫出聲：「阿姨，我知道我對不起妳，但妳不會真的這麼狠心吧？難道就為了錢？」
「這只是父債子償而已！你這條命本來就是我給的，如果我當初聽從我的直覺，阻止我姊和你爸結婚的話，根本就不會有你！清鋒，說來這都是我的錯，我不該讓我姊嫁給你爸那個窩囊廢，不該讓她生下你這個雜碎！現在我收回你的性命，也只是矯正過去的錯誤而已。杜清鋒，你根本就不該來到這世上。」
「阿姨……我知道妳不會這麼狠心，我們血濃於水……」
「少虛情假意了，你是個偽君子、真小人。上次你和我講完電話之後是什麼反應？表面上彬彬有禮，一掛掉電話，就馬上對我比中指，這是什麼意思，你說啊？」

全身雞皮疙瘩。所以我房裡的針孔攝影機，阿姨是觀眾之一。對了，那時她在關鍵時刻打電話給我，根本不是巧合，是因為有人暗地觀察我的一舉一動。

「你和你爸一樣。」她說，「你媽不只被你爸毀了前半生，更因為你不長進而毀掉後半生！你小時候功課那麼好，天資聰穎，該是做大事賺大錢的人，結果呢？你連自己媽媽的醫藥費都不去賺！你以為我活該欠你家，活該要幫你照顧媽媽？」

「不是這樣，我只是以為妳們姊妹倆感情很好……」

「你這個——」阿姨似乎想揍我，但咬牙忍了下來，「文維說不能在你身上留痕跡，哼，便宜你了。」

「蔡文維為什麼找上我？我哪裡對不起他？」

「他恨你，因為你是全班唯一可以忘記『那件事』的幸運兒。他成功報復全班，讓他們愧疚一輩子，但你卻在那之前就轉學了。」

「可是我又沒在班上待多久，他們的恩怨和我無關啊！」

「你就是覺得什麼都和你無關！你爸的債和你無關？你媽的病和你無關？你他媽的只會撇清關係！我姊怎麼會生出你這種廢物？如果我可以穿越時空，我一定叫她把你墮掉！」

阿姨踢了兩下椅子，我咬緊下唇，不敢叫出聲。

「文維本來以為，你絕對不可能忘記，但他要你寫《犯罪者的告白》時，看到你的反應，他就知道你全都忘光了。」

「所以他真的殺了他？」

「那是意外，是班長自己掉下去的。」阿姨說，「文維要我傳話給你，他說：你只是成千上萬的旁觀者，沉默的幫凶。你沒有自己的名字，現在，我借你一個。」

彷彿又聽見星野垣的聲音。沉默的、血腥的空氣。

「清鋒你聽好，俗話說得好：死有輕如鴻毛、重如泰山，你如果現在以星野垣的身分死去，就會千古流芳。」

「星野垣怎麼可能千古流芳？他只是一時流行的產物而已！阿姨，妳真的下得了手嗎？妳看著我從小長大，我是妳的親外甥啊！」

「你死有餘辜！我狠心嗎？誰會比你更狠心？當年你表哥盲腸炎住院那麼痛苦，你竟然希望他死掉，只因為你想要有自己的房間！」

「為什麼妳會知道這種事……」

「你的日記我都讀了。你這個沒良心的禽獸。」

「日、日記寫的只是幻想，我其實不是那個意思……」

阿姨的表情突然變得萬分和藹，口吻簡直是諄諄教誨、向我曉以大義：「清鋒，你國中的時候說，最棒的搖滾歌手，都在二十七歲那年死掉。看看你，已經多活三年了，你還有什麼不滿？搖滾歌手為什麼有名？就是因為早死所以才出名啊！你在日記上說，你不想活到太老，你說你只要活到三十歲就夠了！這不是你的心願嗎？」

「對國中生而言，三十歲就像是世界盡頭一樣遙遠啊！阿姨，我真的很後悔，我知道錯了，拜託妳，我不想死！」

「三十歲生日當天自殺，新聞版面一定很漂亮。」阿姨得意地笑了起來。原來發瘋的不是我媽，是我阿姨。該死。

我不想死。

「清鋒，你的生日本來一點意義都沒有，但現在它變成你的忌日，就會變成一個特別的日子，紀念日，大家都會記得。你不覺得人生這樣很有價值嗎？阿姨很羨慕你，可以在人生最美好的時候，像櫻花一樣飄落，不然等你爛在樹枝上，你那個不知感激、不知人間疾苦、只會吃垮別人的外甥還會寫書罵你，說你臭烘烘，罵你一輩子都活得沒有價值，不如去死一死算了。」

「我真的知道錯了，我對不起妳，求求妳原諒我……」

「噢，不對，你寫的那個不是『書』，那個根本不可能出版，阿姨只要想到你把大好青春歲月都浪費在一疊垃圾上面，就為你媽感到不值。」

我悄悄掙扎，卻只是徒勞。

「來，午夜了，阿姨送你上路。」阿姨用非常、非常溫柔的口吻說：「之後的事你不用擔心，阿姨會幫你處理。」

阿姨說完，走回電腦前方，準備送出「星野垣」的遺書。

這時，窗外突然傳來一群人的歌聲。

「祝你生日快樂，祝你生日快樂……」

有人將客廳的窗戶拉開，從窗外探頭看進來。是小沛。小沛身邊站著薩克、曼曼、艾莎，還有捧著生日蛋糕的阿國。他們看見客廳裡的情景，全都驚呆了。

薩克拿出他隨身攜帶的攝影機，開始錄影。

他，他，他該不會是打算拍攝我死亡的瞬間吧？

電腦前的阿姨停下動作。那一瞬間，我彷彿看見她的恨意像黑色煙霧靜靜迸發，瀰漫整個空間。她甚至沒有閃躲薩克的鏡頭，反而直直盯著他們，久久不發一語。過了彷彿有一世紀那麼長的沉默之後，她轉頭，看著我腳下的椅子。我很清楚，她腦中上演的是什麼畫面。

不知過了多久，阿姨終於打開鐵門。大家衝進客廳將她包圍，我趕緊大嚷：「是我的錯，別為難她！讓她走吧。」

阿姨沒有回頭看我。我對著她的背影說：「是我的錯。阿姨，對不起。」

她下樓了。

第二個生日蛋糕，我還以為會吃不下去，沒想到一口接一口，竟然也吃完了。

大家為我鬆綁之後，我久久無法言語。阿國靜悄悄切好蛋糕，大家默默吃了起來。

沒人問我問題。

第一個吃完蛋糕的，是艾莎。她拿起吉他，彈了幾段和弦。

「致安蓓。」她說。

那是一首非常安靜、非常悲傷的歌。前奏很輕很輕，像踩在雪地的腳步聲，看不見路的盡頭，只知萬籟靜寂，所有生物都深陷永夜。艾莎開口演唱，歌聲緩緩落在黑色的冰土之上，化作飛雪，掩埋世界。旋律緩緩攀升，晶亮的冰塔閃現碎屑，輕輕一聲低吟，塌陷了夢境，埋葬了一切。空寂白茫，冰之風暴。高聳的雪峰瞬間冰裂，灰飛湮滅，彷彿一場錯覺。曾經存在的結晶，無人能夠見證，多讓人悲傷啊。

雪崩後的死寂，如此驚心、如此悲涼。

安蓓……

曾經如同在地心熊熊燃燒的恨意，如今已覆上一片銀白。世界在此終結，沒有言語。那是一場末日，卻是無盡溫柔的末日。我的淚水突然釋放，所有悲傷與不甘，都融化在艾莎輕聲低唱的音符中。

一曲結束，大家都沉浸在各自的末日風景之中，沒有人開口說話，甚至沒有力氣鼓掌。片刻靜謐之後，艾莎再度輕彈吉他。

「致清鋒。生日快樂。」她說。

她再度低聲吟詠，一首同樣安靜的歌，但冬日冰封的土壤有了變化。方才滴落的熱淚，化做冰雪融化的第一顆露珠，變成春天的第一抹徵兆，啟動了一切。旋律轉為溫煦，漸漸加入跳躍的輕盈，蔓生出綿延不斷的風景。千絲萬縷，萬頭鑽動，直到第一株新芽衝破地面。幻彩，膨發。初花綻放之時，露水映湧生機，既殘酷奔放、又曖曖含光。蝶類揮動溼軟的新翅，離開了曾經蟄伏的蛹殼。蜜蜂將口器探進花心，撥動震顫的核蕊，花粉便肆意潑灑，渲染了整片大地。

多驚人啊。

生命。

唱完之後，艾莎擱下吉他，但曼曼卻說：「艾莎，我想聽妳本來要賣給唱片公司的那首歌。」那首歌一直沒有歌名。艾莎看看我，我點頭。

她輕輕一笑，再度拿起吉他。

我們都很熟悉這首歌，幾乎大家都會哼，但如今，它卻變成更豐富、更深邃的樣貌。那是艾莎不斷改寫的成果。我傾聽她的吉他漫溢出各色古靈精怪的種籽，體悟一件事：才華和作品都是有機體，會隨著歲月琢磨，綻放出原本想像不到的光。

所以，不要輕言放棄。

艾莎唱完之後，所有人都恍若大夢初醒，像從遙遠的海底龍宮回到現世，像做了一場美妙得無法言說的夢，像踏遍千萬里路之後，終於看見內心的風景。

然後，我們回到人間。

艾莎撒下的音符種籽，在我們心中隱隱發光，等候適當的時機，萌芽、璀璨。

◈ ◈ ◈

那個週末，小沛帶我去了一個地方。

她帶我轉了兩次捷運，在捷運終點站轉搭公車，又一路顛簸到公車終點站。日落時分，我們下車的地方，是城市邊緣的邊緣，塵土飛揚的大馬路。

「妳到底要去哪裡啊？」我跟在小沛身後，扯開嗓子大喊。

小沛頭也不回，繼續快步向前，不知是沒聽見我的問句，還是懶得回答。

斜陽漸漸隱身在遠方工廠的煙囪後方，砂石車和大貨車在我們身邊呼嘯而過。前方是高速公路交流道，下班車潮擁塞成一道紅黃交織的光之河道，爭相吐出橘灰色的茫茫煙霧。

小沛終於停下腳步時，天空已經變成深邃的寶藍色。遠方華燈初上，在沙塵中搖曳生輝。

「你看，」小沛指著馬路對面，「對面那間熱炒店。」

我試著透過喧囂車潮張望對面，天色昏暗，我看不清楚：「那間熱炒店……怎樣？」

「嘖，好險我有準備。」

小沛從背包中掏出一臺塑膠望遠鏡。我試著對焦。車水馬龍，熱炒店人聲鼎沸，人潮中穿梭一名穿著迷你裙的女子，一桌一桌推銷啤酒。

乍看之下，並無特別之處，但那女子燦然一笑，我的心臟便化作一頭亂撞的獸。

那是安蓓。

化著不同妝容的安蓓。

我按著幾乎跳出咽喉的心。

「怎麼回事？」我難以置信，拼命重新對焦，看著對面那個酒促小姐，「這是怎麼回事？」

「男人真的很遲鈍欸，」小沛翻白眼，「我上網查了一下，看了藝人安蓓的照片，根本就不是在你家看見的那個人啊。」

「啊？」

「你家的那個人，根本就不是『安蓓』，只是長得有點像而已。」

「什麼？」

「不會吧，你差點被當成殺人兇手欸！你都沒有懷疑過嗎？你該不會因為她們兩個都化一樣的大濃妝，都戴兩層假睫毛，就分不出誰是誰吧？」

「……」

「我就知道，你一定沒看過她素顏對不對？」小沛敲著我的頭，「有沒有這麼笨，難怪人家找上你！杜清鋒，你根本就沒有和真正的『安蓓』見過面。從一開始，就是因為安蓓死了，需要找人消災，他們才會開始接近你。」

「……妳怎麼會知道這麼多？」

「因為我沒有你那麼笨。」

「但是……妳怎麼會找到這間熱炒店？」

「上次，下大雨，我說要跟你絕交那天，我不是在樓梯上撿到她的手機嗎？」小沛說，「那時候，她的手機螢幕顯示有新訊息，我看不到訊息內容，但傳送者顯示的是這間快炒店的名字。太奇怪了吧？查到地址，過來一看，就看到她在這裡賣啤酒。」

我看著馬路對面，激動得說不出話。

「所以，現在你打算怎樣？」小沛拿回望遠鏡，盯著對面，「你要過馬路去罵她一頓，還是賞她一巴掌？或是我們把她交給警方？」

她還活著。

我差點哭出來。

不，我真的哭了。

她還活著。她不是安蓓。她忙著推銷啤酒，對所有人展露她甜美的微笑，用那深邃靈動的雙眸瞅著每個客人。讓我神魂顛倒的那抹笑顏，原來只是她的營業專用笑容。

原來如此。

「你該不會要放過她吧？」小沛嘖了一聲，「她之所以接近你，只是為了陷害你喔。因為她，你差點變成兇手，差點去坐牢喔。」

她不是安蓓，我也不是星野垣。她如此平凡，和我一樣。我們都沒有眩目的光環，只有真實的慘澹人生，和一顆活生生的、跳動著的心臟。

她還活著。

「但是劇本不是她寫的，她只是配合演出而已。」我說，「她大概收了一大筆錢，一筆她一輩子都賺不到的錢……」

「所以呢？」

「所以她和我一樣……」我喉嚨乾澀，「和我一樣，為了得到『靠自己的力量得不到的什麼』，和魔鬼簽約，出賣了靈魂。」

「老套。」小沛再度翻白眼，「所以你就這樣算了嗎？她是共犯喔。那個蔡文維，他可以隨便進去你家插那個冰櫃的插頭來藏屍，也是因為這個女人打鑰匙給他吧？還有，你後來頭腦變得怪怪的，說不定是她煮的菜有問題？這樣你都沒關係？」

「只要……她好好活著。」

「你真的很沒用欸。」

我看著安蓓，突然領悟，她的脆弱，只是我一廂情願的幻想。她完全不是我以為的模樣。一切一切，只是我先入為主的誤解。

我真的什麼都不懂。

路燈漸漸亮起，天邊最後一抹微醺的紅。

「至少，你現在有故事可以寫了。應該可以暢銷吧。」

「暢銷太可怕了。我不習慣妳媽對我太好，我會害怕。」
「白痴。」小沛大笑，「你太認真了，你不會成功的。」
「無所謂。我們走吧？」
「走吧。」
燈火闌珊，我和小沛走在喧囂的路旁。我深吸一口氣，看著萬家燈火，想著自己到現在為止浪費掉的全部人生。
三十年來，我一事無成。
儘管如此，也沒有關係，因為我還活著。
到最後，我能握在手裡的，只有這一點微小的溫暖，和繼續寫作的決心。
這樣，就足夠了。
城市之光，被濃稠的水氣吸收，像激烈卻又凝滯的沙塵暴。風很暖，路人的腳步似乎放慢節奏，不知是因為疲倦，抑或他們正在品嚐漫漫長日唯一的沉澱片刻。
寂靜，悠緩。
天空被霧霾籠罩，後方是不可見的蒼穹。我想像奧祕宇宙的深邃，想著素未謀面的藝人安蓓。她已回到彼方，而我的生命還在這邊，發出僅僅一瞬的熱度。我遲早也要回歸彼岸，但此刻活生生的體溫，僅管只是一瞬，卻已是奇蹟之光。

或許生命，只是單純的光、火、熱。老師的新書，讓我領悟一件事：無論多麼微小的火苗，只要還有人願意傳遞，哪怕只有一個人，它就不會熄滅。

我曾經以為，寫小說是為了追求不朽，讓作品成為某種永恆。現在我才體會，世上什麼都無法不朽。我們，以及所有我們能夠製造、能夠想像的事物，終有一日都會煙消雲散。或許重點不是不朽，而是如何坦然面對不能不朽這件事。萬事僅一瞬，但此瞬間體驗到的，卻是恍若整個宇宙的感動，像傾聽星辰天籟、像解讀一朵花的花語，只為了那樣一刻，或許就值得了。若我的文字能稍微接近這樣的體悟，寫作就值得了。

生命只是一瞬間，卻可以非常耀眼。剎那終將消逝，但亦可媲美蒼穹。

◈　◈　◈

再試一次。

◈　◈　◈

阿國在三十歲生日當天買了一張單程機票，將生活所需最低限度的物件塞進一個後背包，拿著澳洲的打工度假簽證，出國壯遊去了。

蔡文維被關之後，始終沒人來向我討回戶頭中的一百多萬。我留下當初說好《犯罪者的告白》的稿酬五十萬元，將剩下的錢捐給藝人安蓓的家屬。五十萬的一半匯給阿姨，感謝她多年來的付出。本想和她商量將我媽送到療養院，錢由我想辦法，但阿姨說不用了，她說，反正她們姊妹倆感情好。不知以後我該怎麼面對阿姨，但短期內我是不敢和她獨處了。我們再也沒提過星野垣這件事。我開始每個月匯一筆錢給她。我不怪阿姨想害我。原來，一直以來，我都只想著自己的事。原來，我真的什麼都不懂。

年過三十之後，我才開始摸索待人處世的道理。

我搬走的那臺咖啡機，一直留在放浪咖啡館。本來想將機器放回去，但星野垣那棟別墅的大門不知何時換了鎖，只好作罷。

放浪咖啡館始終維持廢墟狀態，幾個考慮接手的人看過現場之後，紛紛打消念頭。我和阿國父親——也就是黃董事長——洽談，以非常優惠的友情價租下店面，條件是阿國一旦回國，就立刻解約。我決定不要太認真，只修復水電與廚房設備，便直接在焦黑破爛的店面隨便擺幾張桌椅，開了一間「廢墟炒泡麵」。沒想到生意很不錯，不少人一試成主顧，他們說，本來只是想來廢墟打個卡，卻發現這裡的泡麵是驚人的美味。

一名美食部落客來店裡採訪，我順口說了句：「我不是星野垣，只是個炒泡麵的」，沒想到文章上線之後，其他部落客或直播主或網美紛紛引用這句話當做標題。沒多久，小沛甚至幫我開了粉絲專頁「我不是星野垣，只是個炒泡麵的」。我反對她用這句話當粉專名稱，因為我不想再和星野垣扯上關係，也不希望別人認為我消費死者，但小沛說我因為這件事而有了點知名度是既定事實，與其逃避或切割，不如承認事實，並藉此做點有意義的事。她什麼時候變得這麼能言善道？我辯不過她，只好決定將「廢墟炒泡麵」每月收入的十分之一捐給家暴防治相關機構，紀念藝人安蓓。經營粉專變成小沛的閒暇樂趣，她把我塑造成「愛裝可愛的靦腆怪咖」，並不時更新店內花絮、最新菜單、特惠活動，以及一些關於客人的小故事。客人小故事由我撰寫，我努力在翻動炒鍋的空檔繼續磨練文筆、書寫活生生的人類，跳出我腦內小劇場的舒適圈。

習慣每天和客人閒聊之後，不得不承認一個殘酷的現實：我炒的泡麵，比我的文字作品更能撫慰人心。也只能立下目標：有朝一日，要寫出比炒泡麵更美味動人的故事。在小沛經營之下，粉專竟然蒸蒸日上，由於她才十五歲，我只能讓她在店裡吃到飽來酬謝她。

雖然各方證據都顯示「星野垣」本人並不存在，但粉絲之間流傳著一封據說是「星野垣」本人寫給粉絲的道歉信，信中表示他對自己的編輯蔡文維失手殺人鑄下大錯這件事感到萬分痛心，亦非常後悔自己因為沒有靈感而放任編輯去找寫手杜清鋒來幫忙代筆《犯罪者的告白》；他在信中宣布自己會繼續寫作，但會用別的筆名發表作品。粉絲們幾乎都相信這封信是真的。星野垣官方網站久未更新，不知何時默默關閉了。《犯罪者的告白》沒有出版，而星野垣的其他作品依舊高占排行榜龍頭。星野垣的最後宣言引起了粉絲之間一波又一波的揣測與爭論——星野垣現在用的是什麼筆名？新出現的某作家或某作家，會是現在的星野垣嗎？誰是星野垣？網路上出現了許多「星野垣研究會」，在漫無邊際的無名作家網海當中，尋找一絲星野垣的蹤跡。這些人偶爾會來問我關於星野垣的問題，我一律回答：我只見過蔡文維，其他一概不知。其實，我越來越不確定，真相究竟如何。說不定，我看見的星野垣，真的就是星野垣？

阿國在澳洲的農場打工幾個月之後，轉移陣地到紐西蘭，接下來預計轉戰加拿大，簡直是在挑戰各國打工度假簽證的年齡上限。他爸不懂他為何浪費時間賺這種辛苦錢，還說自己努力一輩子就是為了讓兒子贏在起跑點。但我終於理解，阿國要的是自己一個人用勞力賺錢的踏實感，無論在黃董事長眼中多麼荒謬，這就是阿國目前最需要的東西。

薩克和曼曼一起搬離臺北，在南部弄了一間工作室。我的生意越來越忙，到現在都還沒有時間去找他們。

艾莎以獨立音樂人之姿發行了她的個人專輯，開始巡迴演出，在這看似渺小實則廣袤的島嶼上來來回回，為五十個人演唱、也為五個人演唱。她變成了小有名氣的創作歌手，那是我曾經嚮往的夢想：不需大紅大紫，但能成為某些人真心喜愛的創作者。我沒辦到，艾莎辦到了。如果只有艾莎辦到，那也很好。我為她開心。

我的作家夢，終究只是一場幻影。儘管如此，也沒有關係，因為我還能再寫。

而我還是不懂文學。

我放下《無涉》，構思新的小說。後來，有位文壇前輩來店裡吃飯，他說，我的寫作困境，首先是因為我個性不夠積極，不懂得經營自己。他說，在這人人都必須懂行銷的年代，我不適合當作家。或許吧。繞了一大圈我才發現，當不當作家都無所謂，我只想默默寫作，盡全力打磨我想述說的那個故事，不需著急，甚至不必發表，等候無垠永夜迸發剎那奇蹟，寫出一瞬的光。

於是我繼續書寫，彷若捕捉夢的斷面。唯有清醒當下那一瞬間顯影出來的夢之斷面，才能使夢境現身於非潛意識的世界之中；唯有小說，才能稍稍顯現我們心中無法具體言說的一絲幽微。

我希望，有生之年，我能寫出一本超好看的小說。

要推理111　PG2974

要有光 FIAT LUX

幻影小說家

作　　者	周桂音
責任編輯	劉芮瑜
圖文排版	黃莉珊
封面設計	吳咏潔

出版策劃	要有光
發 行 人	宋政坤
法律顧問	毛國樑　律師
印製發行	秀威資訊科技股份有限公司 114台北市內湖區瑞光路76巷65號1樓 電話：+886-2-2796-3638　傳真：+886-2-2796-1377 http://www.showwe.com.tw
劃撥帳號	19563868　戶名：秀威資訊科技股份有限公司 讀者服務信箱：service@showwe.com.tw
展售門市	國家書店（松江門市） 104台北市中山區松江路209號1樓 電話：+886-2-2518-0207　傳真：+886-2-2518-0778
網路訂購	秀威網路書店：https://store.showwe.tw 國家網路書店：https://www.govbooks.com.tw
總 經 銷	聯合發行股份有限公司 231新北市新店區寶橋路235巷6弄6號4F 電話：+886-2-2917-8022　傳真：+886-2-2915-6275

出版日期	2023年9月　BOD一版
定　　價	290元

讀者回函卡

Printed in Taiwan

國家圖書館出版品預行編目

幻影小説家 / 周桂音著. -- 一版. -- 臺北市 :
要有光, 2023.09
面；　公分. -- (要推理 ; 111)
BOD版
ISBN 978-626-7358-02-3(平裝)

863.57　　112011944